# 春のとなり

泡坂妻夫

南雲堂

# 春のとなり

カヴァー挿絵　近藤ゆうじ

# 一

朝、出勤すると宿直の稲川さんがダルマストーブに火を入れているところだった。

秀夫が挨拶して奥に行き、壁のフックから鍵を取った。

「いつも早いね。感心だ」

と、稲川さんが言った。

「そのかわり、早く退社させてもらっています」

「そうか。新庄君は夜学へ通っているんだ。これから寒くなる。たいへんだろう」

「いえ。学校には友達がいますから楽しいです」

「今、何年生だい」

「高校四年です」

「夜学は一年多いんだったね。でも、もう卒業だ。ところで——」

稲川さんは言葉の調子を変えた。

「昨日の日曜日、第二ビルの方が凄かった」

「なにかあったんですか」

「人が大勢集まって大騒ぎになってさ。建物が毀《こわ》されるんじゃないかと思った。おれは恐くなって電話で警察を呼んだよ」

「……富士映画かもしれない」

「そう、そんなことを言っていた。応募試験の日なのに、関係者が一人もいないんだそうだ」

「富士映画という会社が、映画のニューフェースを募集していたんです」

「そうだろう。集まったのは妙に派手な恰好をした連中だった。新庄君、今日の掃除はたいへんだよ」

稲川さんの言ったとおりだった。隣の第二千代田ビルに行くと、入口の通路から階段にかけてひどく汚れていた。泥の上に沢山の煙草の吸殻が踏みつけられている。

秀夫の勤めている千代田殖産建設株式会社は、金融業とともに貸事務所を経営している。本社は九段にあり神田営業所は第一千代田ビルの一階を使い、隣の第二千代田ビルの全階は貸事務所である。秀夫はその第二千代田ビルの電話係だった。

いつも秀夫がいる二階の共同事務所に変りはなかったが、三階に上って驚いた。十二卓並んでいた事務用のデスクがごちゃごちゃに乱され、所定の位置にあるデスクは一つもない。デスクの上の本立てはひっくり返され、床には書類や本が散らばり、写真のフラッシュランプがごろごろしていて足の踏み場もなかった。

富士映画は三階の一室全部を借りていたわけではない。十二卓あるデスクのうち、一卓だけである。

一月ほど前、一卓分を契約した富士映画の社長の鈴木は、はじめからいかがわしい男だった。背の低い狸に似た顔で、へらへらした調子でものを言う。

「わたくし、忙しいものであまりここへは顔を出せませんからよろしく」

などと言いながら、一卓のデスクに三人の社員を置いた。この社員も古くからの働き手ではない。共同事務所に契約してから入社した新入りだった。

それから間もなく、富士映画は『東京新聞』にかなり大きなスペースで、男女ニューフェース募集の広告を載せた。それを見て、

「また共同事務所を舞台に、なにかやりはじめる気だな」

と、管理の古谷さんが言った。新聞の応募項目に、履歴書とともに、受験料三百円を同封して郵送すること、とあるのがひどく怪しいのである。

求人詐欺事件はこれがはじめてではなかった。秀夫が入社した昭和二十四年は特にひど

い就職難の時代で、立て続けに四、五件の詐欺事件が起きた。

いずれも似たような手口で、応募者は履歴書と一緒に、身元が確実だという意味の保証金を添えて郵送せよ、というのである。保証金は不採用の時は全額返却する。

一番長《いちばんちょう》ゴムという会社のときは、不採用者には返金とともに長ゴム靴を一足提供するという約束を謳《うた》っていた。もちろん、そうした約束が守られたことは一度もない。一番長ゴムという社名は、大手の世界長ゴムから取ったもので、社名からして怪しい会社だった。会社は応募者の金を集めるだけ集めて消えてしまう。会社は社長一人だけ、事務所はデスク一卓だけの契約だから、消えるには造作ないわけである。

一番長ゴムの社長は秀夫が歌舞伎の本を開いていると、うしろから覗き込んで「弁天小僧」の写真を見るなり、

「若いのにもうゆすりの研究ですか」

と言って、ひっひっひっと笑った。

求人詐欺はほかでも少なからず起きたので、人人が注意深くなり、ここしばらく絶えていたのだが、富士映画の鈴木はこのごろの映画ブームに便乗することを思いついたらしい。前の年、黒澤明監督の『羅生門』がヴェネチア国際映画祭でグランプリを受賞。続けてこの年は同監督の『生きる』でベルリン映画祭の銀熊貫。この快挙に国中がわき返って、映画ブームになっていたのである。

案の定、求人広告が出てから、富士映画宛に、現金書留が山ほど届くようになった。それと同時に電話の殺到がはじまった。新入幕集の問い合わせで、ひどいときは五分おき。そのたびに三階に上がって富士映画の社員を呼びに行かなければならない。秀夫はこれにはほとほと手を焼いた。

だが、わざわざ呼び出しても、社員の電話は親切ではなかった。返事はとおり一遍で「当社の募集は電話での質疑には応じておりません」だった。それなら社員を呼ぶことはない。秀夫はすぐに要領を覚え、社員になったつもりで、富士映画への電話を片端から処分することにした。

中には映画俳優への宿望やみがたく、大勢の人が直接足を運んで来た。そういう応募者は、皆が異色ある人たちばかりだった。

男、女にかぎらず服装がけばけばしかったり、珍奇だったりして気取っている。薄化粧をして香水の臭いをぷんぷんさせている男がいると思うと、変になよなよした女がいる。あるいは、あまり可愛いとは思えない子供を着飾らせて、手を引いて来た母親もいた。額に剃り込みを入れたり、眉を落としたりする者も珍しくなかったが、純日本風の落ち着いた美人は一人もいなかった。

このアメリカンスタイルの若者たちを見ていると、かつてアメリカが敵国であったとはとても思えなくなる。

それはともかく、秀夫は三階の跡片付けに二時間もかかってしまった。どうにか始末をつけて二階の受付に落ち着いていると、日本緬羊《めんよう》研究所の本多さんが新聞を持って事務所に入って来た。

「昨日はひどい目に遭った」

本多さんはそう言って、持っていた新聞を拡げた。

『サン写真新聞』の一面、全ページ、大勢の人がひしめいている写真だった。思ったとおり、昨日が富士映画の採用試験の日だったのだ。

「本多さん、来ていたんですか」

「うん、これがぼくの帽子」

写真はカメラマンがデスクの上にでもよじ登って撮ったらしい。受験者たちの頭の間にソフトが写っていた。

日本緬羊研究所は同じ三階の共同事務所に一卓を借りている会社で、社長が一人、社員は本多さんだけだった。事務所にはいつも本多さんが詰めていて、富士映画の社員と知り合いになった。話をしているうち、もの珍しくなり、日曜日の採用試験を見物に来て、騒ぎに巻き込まれたのだ、という。

「とにかく凄かったよ。ぼくが来ると、もう長蛇の列ができていた。都電の停留所あたりまで伸びていたね」

神田錦町河岸の停留所は百メートル以上先だった。とすると、行列は二百人もいたはずだ。

「ところが、富士映画の連中、誰一人来やあしない。痺れを切らした一人が、勝手にドアを開けて入って来た。ぼくがここは共同事務所だ、富士映画の人は誰もいない、と言ったってもう駄目だ。いきなり受験者がなだれ込んできた。それからはてんやわんや。この写真のとおり。ぼくの帽子は誰かが盗っていってしまった」

そのうち、警察が来る。新聞社のカメラマンが割り込んでフラッシュをたく。第二ビルは木造モルタル三階建ての粗悪な造りだ。これだけの人が詰めかけ、よく床が抜けなかったものだと思う。

「それで怪我をしませんでしたか」

「うん。帽子が厄除けになったんだろう。山本ホーローの山本さんも来ていたが、もう野次馬は懲り懲りだ」

新聞を見たり、本多さんの話を聞いたりして、事件のあらましが判ったのだが、犯罪の忌わしさより、おかしさの方が強い。一幕の喜劇でも見ているような感じだった。たぶん、被害者がどれも自惚れが強い割には間が抜けているのと、富士映画の電話猛攻が一段落して、ほっとした気持になったからだろう。

秀夫は神保町のゾッキ本屋で買ったエラリー・クイーンの『Yの悲劇』を取り出した。

昼近くになると事務所の常連が顔を揃えた。

東光社の東野さんは窓際のデスクで、せっせと謄写版《とうしゃばん》の原紙を切っている。福長《ふくなが》商事の福長さんはいつものように新聞を拡げている。大洋漁網の筒井さんはもう赤い顔をしている。第一興信所の会田さんは手紙を受け取ると、すぐ事務所を出て行った。

昼すぎ、電話係の浦木嬢が来て、古谷さんが呼んでいる、と言う。

第一千代田ビルの一階の、正面のガラス扉を押すと、中は銀行のようなカウンターが作られ、手前側には応接セットが並んでいる。そこに古谷さんと紺の背広の男が向かい合っていた。

「警察の人が富士映画のことで訊きたいそうだ」

と、古谷さんが言った。秀夫は古谷さんの隣に腰を下ろすと、男は名刺を差し出した。

「神田警察署　警視庁警部　渡辺進作」とある。

渡辺警部に訊かれても精《くわ》しくは答えられない。富士映画の鈴木と顔を合わせたのは、事務所を契約した日とあと二度ほどで、それも十分足らずだった。答えられるのは鈴木の年ごろと容姿ぐらいだった。社員の三人は名前すら判らない。

「富士映画に届いた書留は、どなたが保管していましたか」

「共同事務所の郵便物は、全部わたしが受け取ります」

と、古谷さんが言った。

「それを受付の浦木さんが仕分けして、第二ビルの分は新庄君に渡します。ただし、書留は本人に直接取りに来てもらっています」

「そのとき、書留の控えとか本人の印とかは？」

「いえ、ただ渡すだけです」

言われてみると、大雑把《おおざっぱ》なようだが、それまで共同事務所への書留ははとんどなかったのである。渡辺警部はちょっと考えてから、

「じゃ、その書留は何通ぐらいありましたか」

と、訊いた。

「正確には判りませんが……五百通はあったと思います」

三百円の受験料は驚くほどの金額ではないが、五百通となると十五万円。これは大金である。

「富士映画の遺留品はありますか」

「デスクはそのままです」

と、秀夫ほ言い、警部を第二千代田ビルの三階に案内した。

警部はデスクの引出しを全部開けてみた。社名入りの封筒に便箋、あとはなにやらのメモだけだったが、警部ほそれをまとめて鞄の中にいれた。

秀夫が二階の受付に戻ると、新開を読んでいた福長さんが、将棋を指す手付きをした。

「用は済んだかい」

「ええ、もう暇です」

福長さんは新聞を畳んで、いそいそとデスクの引出しから駒の箱を取り出した。ボウル紙の箱に入った安物の駒で、盤も桝目を印刷した紙製だった。

駒を並べながら、福長さんは思い出したように言った。

「いつかの、桃《もも》の芽《め》ね」

桃の芽は共同事務所にいた平和通商の「遺留品」だった。またの名をペンネジという。ミシンの部品で、形が桃の芽に似ているのでこの名がある、と福長さんが教えてくれた。

その木箱は三階へ上る階段の下の物置に入れてある。

「引き取ってくれるところがある。茅場町の〈吉兵衛〉という店だ。ここから永代通りを出て一本道。判り易いところだ」

福長さんは駒を並べ終えると、メモにざっとした道順を描いてくれた。

「電話をしておいたから、いつでも持っていけばいい」

三階にデスクの一卓を借りていた平和通商という、社長一人だけの会社で、しばらく姿を見せなくなった。家賃も滞ったままだ。契約書では二月使用料を怠ったときは、ただちに契約が無効になる、としてある。

調べてみると、引出しは空だったが、デスクの下に重い木箱があって、この中にも小さなネジがぎっしり詰まっていた。これは桃の芽だ、とすぐ福長さんが判定した。

「全部、新品だから、ミシン業者に持ち込めば買ってくれるよ」

「ミシン業者、知らないんですが」

「じゃ、心当たりを探しておこう」

そして、なにかを思い出したように、うふっと笑った。

「このミシンの業界というの、これがまた複雑怪奇でね。面白いんだな」

福長さんは福長商事という会社を経営していることになっているが、なにを扱っているのかさっぱり判らない。背は低いほう。小肥りで黒縁の眼鏡をかけている。昼すぎにふらりと事務所に現れて、だいたい新聞を読むか将棋を指すかして、夕方には帰っていく。

三十代の半ばぐらいだが、よほど経験の多い人とみえて、とくに経済関係、いろいろな業界の内部事情にも通じている。少し身体を動かせばすぐにでも金をつかめそうに思うのだが、当人は一向にその気がない。

服はいつも同じジャンパー。食も質素で、毎日、飯だけを弁当箱に詰め、神保町の惣菜店で揚げものなど買って来て昼食にしているのを見ると、とても裕福には思えない。

この社会学の大家は、ふしぎなことに将棋にかけては少しも上達のないへぼであった。

対局中でも否応なく電話はかかってくる。

この日も、創美図案社に出版社から電話があった。版下の仕事があるので社に立ち寄って下さいという伝言をメモにする。第一興信所には依頼主らしい人からの電話で、これも相手の名と電話番号を書き留める。そのほか日本緬羊に二度、これは社員の本多さんがいたので、三階に行って呼んで来る。

呑気に将棋の指し手を読んではいられないのだが、それでも秀夫は二番続けて福長さんに勝ち、三番目は手をゆるめて負けることにした。

退社まぎわ、秋沢特許事務所の秋沢さんから電話がかかってきた。秀夫は四時に日鉱産業の幸田という人から、連絡してほしいという電話があった、と伝えた。


五時になって事務所の戸締まりをして、鍵を第一千代田ビルに戻し社を出た。

外は暗く、寒さが強くなっていた。

神保町に行く途中のそば屋で腹ごしらえをし、古本屋街を冷やかしてから都電で九段上まで。

都電をおりたところで、大月勝治と出会った。大月の会社はすぐ近く、内堀通りにある建設会社で、学校まで歩いて五分とかからない。

「授業は二時間まで。それからルノワールの『河』を観に行こうと思う。一緒に行かないか」

と、大月は言った。

「しかしなあ……じきに期末試験がはじまるぜ」

「嫌なことを思い出させるなよ。試験なんかどうにでもなる」

「これまで、だいぶ遊んだからなあ」

十月は体育祭。大月は体育祭実行委員になって準備に忙しく勉強どころではなかった。体育祭当日、大月は白組応援団長になって、どこから借りたのか羽織袴で、日の丸の扇と木刀を振り廻していた。その夜は新宿に出て二本立ての映画館へ入ったが、秀夫は疲れて一本の間中、居眠りをしてしまった。

十一月一日から文化祭。谷崎潤一郎作『白狐の湯』の上演で大わらわだった。普通、高校の四年になれば、大学の受験勉強で部活動からいっさい手を引くのだが、秀夫たちの仲間は似た者が揃い、苦労は昼間の会社勤めで十分、夜は大いに羽を伸ばしたい者ばかりだ。秀夫は二つの祭りのあとの余韻がまだ醒めていない。靖国神社の境内を横切ると腹が決まった。

「よし、ツキに付き合おう」

「それからね、今日考えていたんだが、今度の月曜日は十一月十日だ」

「まだなにかあるのかい」

「立太子礼《りったいしれい》がある。おれたちは皇太子と同じ年だから、立太子礼をやらなきゃならない」

「……どんなことをするんだ」

「成人になった覚悟を誓い、お神酒《みき》をいただく」

「お神酒ならよほど前からいただいている」

「それは忍びやかにいただいていたんだろう。月曜日からは天下晴れていただける、最初の日じゃないか」

「大っぴらとは嬉しいね」

「月曜日、いつものところで落ち合おう。立太子式だから、下級生は呼ばない。仕方がないがね」

一時間目は英語で、秀夫はその間中、大月から借りた「映画評論」を読んでいた。キャロル・リードの『第三の男』を絶賛している。映画ならではの大傑作であるとし、主役のオーソン・ウェルズとともに、アントン・カラスのチター演奏が最高の出来栄えだという。秀夫はそれを読んでわくわくした気分になった。

二時間目の生物は、あまり興味が湧かず、惰性でノートを取っていた。隣の席の奥田はその授業中、気持よさそうに居眠りをし続け、一度も目を開けなかった。

早退を決めた秀夫が帰り支度をしていると、同じ演劇部の宇田川が教室に顔を出した。これも呑気な男だから遅刻かと思うとそうではなかった。

「間中《まなか》の親父が亡くなった」

と言う。今が通夜の最中で宇田川は葬儀を手伝っていたのだ。そう言えば間中の姿が見えなかった。映画はおろか、授業を受けている場合ではなくなった。

すぐ、大月が各教室を廻って、演劇部員から香典を集め、十人余りの有志が揃って間中の家に向かった。

間中の家は九段上から都電で二つ目、裏通りにあるワッペンの刺繍業だった。四畳半ぐらいの板の間の仕事場は片付けられ、白木の祭壇が作られていた。すっかり小さくなった母親と間中と姉が一人。僧が静かに経を唱えていた。ときおり、近所の人が焼香に来るだけの、しめやかな通夜であった。

帰途、誰もが無口だった。思っていることは皆が同じだ。

——これで間中もワッペン屋の親父になってしまうのかなあ。

間中は特別な画才に恵まれていた。『白狐の湯』の舞台装置を引き受け、見事な峡谷を作り出した。間中は実に生き生きと、楽しそうに講堂の舞台一杯に作った張りものに絵筆を走らせていた。あるいは、密かに将来、画業を志していたのかもしれない。

それが、こうも早く人生の道が決められてしまったのだ。

もし、自分がと思うと、暗然とした気持になるに違いない。秀夫の父親は着物の柄を描く模様師だが仕事の量は戦前の何分の一かだ。家には弟と幼い妹が二人いる。

# 二

創美図案社の和泉《いずみ》さんは、隣のデスクにいる丘本先生の絵を見ていたが、

「これはいけません、危ないです」

と、声をかけた。丘本先生はケント紙に描いた挿絵を手直ししているところだった。

「だめですか……この程度でも？」

「ええ。女性が足を割って、その間に男の腰が入っているでしょう。そこがいけないんです」

「……これが猥褻《わいせつ》だとは思えませんがねえ。とすると、ピカソはどうなんだろう」

「ピカソならいいんです。われわれだとだめなんです。それが、世の中です」

「なるほどねえ。しかし、これがだめだとは野暮な話だな」

「野暮でも警察は権力を持っていますからねえ。逆らわない方がいいです」

「もちろん、逆らう気はないですよ」

丘本先生はここの共同事務所のデスク一卓を借りている中央挿画家集団の一員で、出版

社に絵を届けにいく途中、事務所に寄ったのだった。

「『チャタレー夫人の恋人』が裁判になっているでしょう。あれ以来、取締りが厳しくなっているようです」

と言って、和泉さんは煙草に火をつけた。

「いや、教えてもらって助かりました。こんなもので警察沙汰になっちゃかなわない。前に出版社の手違いでぼくの本名が出てしまったことがあった。やはりこの手の絵で、その雑誌があまり上等ではないカストリ誌でしたから、ひやひやしました。もし、P・T・Aに見つかったら、厄介なことになる」

丘本先生のペンネームは岡本翔太《しょうた》で、本業は中学校の絵の教諭だ。小遣い取りに雑誌の挿絵を描いているのだが、このことは学校に知られたくないのである。

秀夫は昨年の夏、学校の旅行で油壷《あぶらつぼ》へ行ったとき、東海汽船の発着所に、生徒を引き連れた丘本先生と偶然顔を合わせた。秀夫が声をかけると、

「おれのこと、あまり言わないでくれ」

と、丘本先生は小さな声で言った。

「わたしも、ついこの間、苦い目に遭いましてね」

と、和泉さんが言った。

「『ホーデン侍従』の電車の中吊り。原画を元にしてわたしがポスターにしたんです。か

なり手加減しましたが、それでも一日で外されてしまいました」

「それで警察沙汰になったんですか」

「いえ、大丈夫でした。作者が尾崎士郎、絵が清水崑でしたから」

そのポスターなら秀夫も見ていた。

「ペニス傘持ちホーデン連れて入るぞヴァギナの故郷《ふるさと》へ」というざれ歌にそえた清水崑の原画はとぼけていて、不健全なところはどこにもなかった。

和泉さんは優男《やさおとこ》で気が小さい。そのときはかなり気にしていた。

丘本先生はデスクの引出しから白のポスターカラーを取り出した。挿画の男女の腰の部分がみるみる消されていく。

煙草を吸い終えた和泉さんも版下の仕事に戻った。

秀夫は和泉さんの仕事を見ていて、活字は一番大きい初号でも、一センチあまりの大きさしかないと知った。それ以上大きな字は和泉さんのような図案家が手で書く。人の手によるものだから、四角い明朝体やゴシック体でも書く人の個性が現れる。和泉さんの字は岩波書店に気に入られているのだが、それだけでは満足しないらしい。本当は挿絵の仕事も手がけたいのだと、いつもベレー帽をかぶっている和泉さんは言う。

秀夫は筆耕にもいろいろな段階があるものだと感心した。和泉さんは不満でも、東光社の東野さんの謄写版の版下よりはいい工料を取っている。だが、字の版下より挿絵の方が上で、挿絵よりは油絵の方が上位にちがいない。

丘本先生の絵の修正も進んで、男女の下半身が蒲団の中に収まったころ、神野津堂画伯《こうのつどうがはく》が勢いよく部屋に入って来た。

「やあ、丘本先生、来ていたのか」

小柄な割には声が大きい。

神野画伯は六、七人いる挿画家集団の中では一番年上で、いつも古びた黒のインバネスを着ているためか、一種ふしぎな風格を持っている時代小説専門の挿絵画家である。

「ほう、粛正をしていますな」

と、神野画伯は丘本先生の絵を見て言った。

「どうやら今の日本は江戸時代より、よほど退行しているようですな」

「お上の統制も昔よりひどくなっているそうです。神野さんも江戸のつもりでいちゃいけない。気をつけないとね」

「わたしの方はチャンバラだからね」

「でも、色模様だってあるんでしょう」

「ありますがね。わたしなら女の目にものを言わせる」

神野画伯はそう言うと、かっかっかっと独特の笑い方をして、インバネスの懐から原稿の束を取り出して、ソファに腰を下ろしてピースに火をつけた。春、新しい鳩のデザインになった紺色の洒落れた箱だった。共同事務所でピースを愛用しているのは挿絵家集団の人たちだけだった。

秀夫が原稿を見ると、桝目の中に一字一字がきちんとした楷書で、書き損じは一字もない。署名は子母沢寛とあった。

「綺麗な原稿ですね」

と、秀夫が言った。

「小説家の生原稿を見たことがないかね」

「ええ、はじめてです」

「だが、これは違うんだ。編集部で清書した原稿だよ。本当のは担当者じゃなきゃ読めやしない。ひどい自己流なんだ」

そして神野画伯は『第三の男』を観てきた、と言った。

「ありゃ最近にない傑作だね。演出に感心してしまった。役者の見得の切り方、花道、廻り舞台、下座音楽。もう、歌舞伎だね」

「映画に花道なんかあるんですか」

と、丘本先生が訊いた。

「たとえばの話。幕切れの花道の引っ込みなんか、感動したよ」

「廻り舞台というのは？」

「平面じゃなく、縦に廻るから憎い。大観覧車なんだが、これがまた素敵だった」

画家たちの話はいつも俗っ気がない。共同事務所に出入りする人たちの政治経済、儲け話はしょっちゅうだが、映画や小説が話題になることはなかった。秀夫はそれが会社では常識なのだと思っていただけ、画家たちが異色に思え、同時に好感を持っていた。自分もこの人たちのように金に対して超然とした生き方ができたらと思う。

神野画伯の映画話が続いているとき、浦木嬢が部屋に入って来て、副社長が電話で呼んでいる、と言った。

急いで第一千代田ビルに行くと、今井外右衛門《そとえもん》専務のデスクの受話機が外れていた。この電話は千代田殖産の専用だから、話し中ということはあまりない。受話機を耳にすると、

「新庄君、頼みたいことがある。すぐ、兜町へ来てくれ」

副社長は相変らずせっかちで、用件を言わずに電話を切ってしまった。

秀夫は今井専務に、副社長の用事で兜町に行きます、と言い、第一ビルの前に置いてある自転車を第二ビルの前に移した。兜町と茅場町は隣あっている。兜町に行くついでに、福長商事の福長さんが教えてくれた茅場町の〈吉兵衛〉に、ペンネジを売ってしまおうと思ったのだ。

秀夫は一度、第二ビルの二階に戻り、物置から油の侵みているがっしりした木箱を二つ取り出した。中には平和通商が残していったミシンの部品、ペンネジがぎっしりと詰まっ

ている。木箱を外に持ち出して、自転車の荷台にくくりつける。

ポケットには前から領収書を用意してある。これも幽霊のように消えてしまった会社のデスクの中にあったもので、敷島製作所のゴム印と、その社長の認印を使った。なにかに役立つだろうと捨てずにいたものが、日の目を見たわけだ。万が一、問題になったとき、ごたつかないよう、自分の本名を残さないための用心だった。

会社の裏手が内堀通りで、大手門の前を左に、永代通りをまっすぐ、東京駅のガードをくぐり、日本橋から茅場町までは一本道だった。

福長さんが教えてくれた〈吉兵衛〉の店はすぐに判った。木造の倉庫のような建物で、中は雑然といろいろな機具や部品が積み重ねられている。

「いつか電話をしましたが、ペンネジを売りたいんです。見てくれませんか」

と、一人の店員に言うと、奥に行ってそのまま芝居に出て来そうな番頭を連れてきた。

番頭はネジのいくつかを手に取り、全部をざっと見渡してから、

「一個、四十銭。いいね」

と、言った。

いいも悪いも判らない。だが、買ってくれそうなので、はい、結構ですと言った。

番頭は二つの木箱を量りに掛け、ちょっと目盛りを見て、

「全部で五千個あるから、二千円の領収書を書いてください」

と、言った。秀夫は用意した領収書に、金額だけ書き入れて番頭に渡した。

敷島製作所の領収書には、第二千代田ビルの住所と電話番号が入っている。もし、相手が電話でペンネジの出所を確認しようとしたときには、福長さんの名を出すつもりでいた。福長さんならうまく話を合わせてくれるはずだった。

だが、番頭は領収書に目を通しただけで、すぐレジから千円札を二枚取り出して秀夫に渡した。秀夫はありがとうと言って外へ出た。

兜町の第三千代田ビルへは、改造中の現場に行ったことがある。錦町の第二千代田ビルと同じような造りで、今度、三階を増築して貸しデスクの事務所にするのだ。副社長の赤松吉彦は慶応大学を卒業して、千代田殖産の貸事務所の管理部長におさまっていた。そのときの経験から、第三ビルの貸しデスクを考えたのだろう。

吉彦副社長は親の社長に似ず色白ですらりとした二枚目だが、気紛《きまぐ》れで行儀の悪い、典型的なリーゼントスタイルのアプレゲールであった。

秀夫が第三千代田ビルに着くと、副社長は待っていて、すぐ三階に連れて行った。第二千代田ビルと同じような狭い階段を登ると、鉤《かぎ》の手に曲った部屋だった。副社長はここにどうしても十四卓のデスクを入れたいのだが、智慧を貸してくれ、と言った。それを聞いて、秀夫は身体の力が抜けてしまった。

——こんなことでいちいち呼び出されたら、たまったもんじゃない。

智慧を借りるも借りないもない。ちょっと頭を使えばわけなく済んでしまうことだ。人遣いが荒いところは親の社長そっくりだった。

ものを深く考えられない質らしく、第二千代田ビルの管理をしていたときには、平気でデスクの二重貸しをしてしまう。その度に秀夫は使用者に気づかれぬようやりくりするのに骨を折った。

もっとも、そのため楽をした時期もあった。

昨年の年末、貸しデスクの半分が空いてしまった。だいたい、共同事務所を契約して、二、三度顔を出したぐらいで、部屋代をためたまま消えてしまう会社が多い。空いたデスクが多くなれば、当然、新聞に三行広告を出して入居者を募るべきなのだが、吉彦副社長はそれを怠っていたのである。秀夫は大いに暇となり来る日も来る日も曲亭馬琴の『南総里見八犬伝』を読んですごしていた。もっとも副社長が九段本社に移ってからはそうはいかなくなり『八犬伝』は帝国文庫四冊のうち、三冊を読み終えたところで挫折してしまった。

神田から兜町に行っても、副社長の人を頼る癖はなおらないようだった。

共同事務所に十四卓のデスクを配置するのは、大した智慧は必要なかった。巻尺を差し廻して、十分ほどで仕事は終った。

秀夫が社に戻り、自転車の鍵を戻していると、専務の今井外右衛門が呼び寄せて、

「きみ、第二ビルの受付にちゃんといないとだめじゃないか」

と言った。まるで勝手に遊びに行ったのを咎めるような口調だった。秀夫が副社長の用事で兜町に行くと言ったのを聞き流していたらしい。だが、秀夫は勝手にペンネジを売って来た後ろめたさがあるので、ただ、済みません、とだけ言った。

「きみがいないから、大切な電話がつながらなかったと言って、怒鳴り込んで来た人がいたんだ」

「……ぼくからも謝っておきます。なんという人でしょう」

「名は言ったが、覚えていない。赤い顔をした男だった」

「じゃ、大洋漁網の筒井さんでしょう」

「そんな名だった。君、これからはちゃんと部署にいるように」

そばのデスクにいる古谷さんが事情を判ってくれていればそれでよかった。秀夫はそのまま第二ビルに戻り筒井さんに詫びを言うと、

「なに、いいんだ」

と、にこにこして言った。

「あまり、あの男が大家面をしたから、つい大きな声を出しただけだ」

「大切な電話じゃなかったんですか」

「うん、本社からだった。さっき、こっちから連絡したから、ことは済んだ」

大洋漁網の本社でも、筒井さんの酒好きを心配しているようで、毎日電話がかかってくる。

今日もその電話だとすると、筒井さんに申し訳ない気持になる。

挿絵集団の丘本先生と神野画伯は、連れ立って事務所を出て行った。

秀夫は受付のデスクに落ち着き、五百円札を一枚封筒の中に入れた。

筒井さんは秀夫の社の人ではないが、やはりいない方がいい。筒井さんの退社はいつも早い。筒井さんが帰っていったので、秀夫は封筒を福長商事の福長さんに渡した。福長さんはにこっとして、

「売れたのかい」

「すぐ引き取ってくれました」

「いくらだった」

「一個、四十銭です」

「ひゃあ……」

「安かったんですか」

「今ごろ、向こうはにこにこしているよ。でも、仕方がない。はじめて店に来た人が持ち込んだ品を買ってくれるような店は、あすこしかないからね」

秀夫は社を出て、いつものそば屋に入り、ペンネジを売った金があるので、月見そばを奮発した。

新保町の古本屋で、幸田露伴の『幻談』を見つけて買い、少し豊かな気持になっていると、一軒の新刊本屋に顔見知りがいた。鳩山勇、小学校、中学校まで同じ学校に通っていた友達だ。鳩山はレジの前で、受験の参考書を買っていた。秀夫は声を掛けた。

「久し振りだ。珈琲、付き合わないか」

「学校、大丈夫かい」

「ああ、少しだけなら」

近くにある〈キャノール〉、小じんまりとした喫茶店で、挿絵家集団がよく出入りする。丘本先生たちが来ていたら他の店にするつもりだった。秀夫の知り合いは一人もいなかったので、セーラー服のウェイトレスが開けてくれたドアから中に入った。

鳩山はもの珍しそうに、茶系統で統一されたクラシックな店内を見廻した。

秀夫は窓際の席に腰を下ろすと、反射的に新生《しんせい》を取り出した。鳩山の視線を感じたが、それで煙草をポケットに戻すのも不自然だった。秀夫はウェイトレスに珈琲を注文した。

「秀に追いつかれてしまったな」

と、鳩山が言った。

「おれが……いつ追いかけていた？」

「高校でおれが三年で卒業し、秀は定時制だから、まだ高校生だろ。おれの方が一年先を行っていた」

「ああ、そういうことか」

「だがね。今年、おれは大学受験に失敗しちゃったから、その一年はフイさ。また秀と轡《くつわ》を並べたことになる」

「だが、これから先は長いぜ。今の一年や二年はどうってことはない」

「そりゃ、頭じゃ判っているがね。浪人生活なんて、ただ灰色だ。大きなロスだった」

「いいじゃないか。好きなだけ勉強ができて、自由に本も読める」

「……会社じゃ、本も読めないのか」

「給料をもらっているからねえ。おおっぴらにはいかないが、適当にサボってはいるさ」

店の奥に小さなカウンターがあり、その向こうに店のマダムがいる。五十前後だろうか、地味な縞の着物、断髪で目が大きく、フランス映画女優のフランソワーズ・ロゼエのような風格がある。マダムの後ろに小窓があり、その奥が調理場。注文の飲物がその小窓から差し出されるとウェイトレスが客に運んで来る。

一口珈琲を含んだ鳩山は、こんなに旨い珈琲があるとは思わなかった、と言った。

「秀も大学へ進むんだろう」

「それがねえ……まだ、迷っている」

「呑気だな。受験までもうわずかだぜ。進適を受けにきていたじゃないか」

進学適正検査の会場は、目白の学習院大学で、一日中時雨《しぐ》れていた。秀夫は赤煉瓦の校門の前で、中学時代の友達に会い、その中に鳩山も来ていた。

「それがねえ、試験が散散の出来だったから、すっかりやる気がなくなったのさ」

と、秀夫が言った。

「おれだってあまり自信はないんだが、そう言ってはいられないんだ。親父が相変らず頑固でね。東大を受けろと言ってきかない」

「じゃ、受けたらどうだい」

「冗談じゃない。進適でとうにだめさ。ところが親父は新しい入試の仕組みが判らない。男子たるもの最高の学府を目指さないのはなにごとだと怒り狂った。先生にたのんで説得してもらおうと思っているところだ」

秀夫は進学のことしか頭にない鳩山の身になることができなかった。それは、進適の会場でも同じ気持だった。

試験の変にひねくれた問題に、製作者の悪意を嗅ぎ取った秀夫は、解答を考える気力が失せたのだが、もの音一つ立てず、粛然として問題に取り組んでいる生徒を見渡して、強い違和感を感じたのだった。

会社勤めをしてすぐ、社会は学問だけで成り立たないことを知り、強いて非合理的な社会に背を向けて来たつもりだが、三年の月日は着実に秀夫を変えてしまった。今や、進学には一片の憧れもなくなっていたのである。と言って自分の理想はなにかと訊かれれば、雲をつかむようだと答えるしかない。

「しかし秀、顔色がいい。昔より明るくなったよ。受験でくよくよしないからかなあ」

そのはずである。会社も面白くなっている。夜の高校の友達と話し合うのはもっと楽しい。

ウェイトレスが一度店の奥に入り、鞄を持って来て、秀夫に頭を下げて、そのまま外に出て行った。彼女も夜学生である。

## 三

稲川さんは共同事務所に、新しいブザーを取り付けると、

「じゃ、試してみるから」

と、部屋を出て行った。すぐブザーがトトト、ツーツーツー、トトトと鳴った。モール

ス信号のＳＯＳだと判って、秀夫はおかしくなり、目の前の柱にあるボタンでトトト、と押した。

稲川さんがにこにこしながら帰って来て、

「万事オーケーだ。調子よくいってる」

と、工作用具をまとめて戻っていった。

電話の合図用のブザーだった。秀夫の前には二台の電話機が置いてあるが、第一千代田ビルと第二千代田ビルの共同事務所とで使っている。その切換えのとき、電話係が合図を交わすためのブザーである。

これまでのブザーは部屋の外の廊下につけられていた。音がひどく喧ましい上、このごろ雨の日はどういうわけかフルフルとしか鳴らずひどく聞き取りにくくなった。電話は三十あまりの会社が使っているので、いつもいざこざが絶えない。

新しいブザーは音も静かで聞き取り易く、複雑な信号も遣り取りできる。これなら、電話の連絡もすっきりするだろうと思っていると、早速、ブザーが鳴った。秀夫を呼び出すブザーである。

秀夫が第二ビルの二階の受付を出て、隣の第一ビルに行くと、専務の今井外右衛門が、九段本社から金を受け取って来てくれ、と言った。

「電話が留守になりますけど」

と、秀夫は言った。今井は白髪の混じったちょび髭をもぞもぞさせていたが、
「じゃ、岩井さんに頼もう」
と言い、変ににたついた顔で岩井女史を呼んだ。住宅部の岩井女史なら前に会社の電話係だったので安心だ。秀夫は会計で伝票を受け取り、自転車に乗った。外は寒かったがよく晴れた日で、共立講堂裏の堀端の道は快適だった。

千代田殖産建設株式会社の本社は、九段千鳥ヶ淵の堀端に建つ戦前の焼けなかったビルで、千代田会館といい、元印刷会社だったのを昨年の暮、社が買い取った。それまで、錦町にあった本社とともにほとんどの社員も九段に移っている。

千代田会館は見かけは堂堂としているが、印刷所だったためか、窓が少なく中に入ると陰気な感じだ。

会計は錦町にいたときの八田さんと五十嵐女史が前と同じように並んでいた。

秀夫は渡された札束を、学生服のあちこちのポケットにねじ込んだ。帯のかかった十万円の札束が十あった。それを見て、
「新庄さん、相変らずね」
と、五十嵐女史が笑った。しょっちゅう現金を運んでいるうち、会社の金は金とは思わない感覚になってしまったのだ。秀夫が入社したころはまだ千円札がなく、紙幣の最高額は百円札だったから、わずかでもかなりの嵩《かさ》になった。そのころに較べればずいぶん楽で

ある。

千鳥ヶ淵にただよっていた冬の気配が、九段坂を下りると消えていった。人通りの多い本屋の街は暮れでも賑やかに感じられる。神保町から一ツ橋、濠に行き当たると錦町河岸である。社に帰って会計に札束を渡し、第二ビルに行って、おやと思った。さっきまで揃っていた二卓のデスクがなくなり、歯が欠けたようになっていた。王子商事が借りていた二卓分である。

「飯塚さんという人が、新庄さんにお世話になりました。よろしく、と言っていたわ」

と、岩井女史がけろりとして話した。

「それで、デスクを持って行ってしまったんですか」

「ええ。引っ越すことになっていたんですってね。この部屋、机はドアが狭いんで入口から出ないのね。運送屋さんが窓からロープで降ろしていたわ」

「それ、古谷さんは知っていたんですか」

王子商事は二月ほど事務所に顔を出さなかったが、引っ越すとは聞いていない。

「引っ越すんだから、古谷さんにも話してあるでしょう」

常識ではそうだが、ここの共同事務所はそうはいかない。ここでは日常茶飯事のように刑事事件が起っている。秀夫がすぐ社に行くと、やはり古谷さんは引越しの話は聞いていなかった。

「こりゃ、やられたな」

古谷さんは憮然として、長い顎を撫ぜた。王子商事は三月分の部屋代が滞ったままになっていた、という。

古谷さんは帳簿を繰った。王子商事が事務所を契約したのは今年のはじめ。まだ、吉彦副社長が管理をしていたときだった。

「王子商事は、どんなことをしていた会社だった？」

と、古谷さんが訊いた。

「『創作園』という同人雑誌を作っていました。文学青年相手に作品を募集するんです。応募者は自分の作品を活字にしてもらうかわり、何十冊かの雑誌を買わされます」

「なるほどね。それで、雑誌は順調に出ていたかね」

「いいえ、創刊号が出ただけだと思います」

「……三号で潰れるカストリ雑誌はあるが、創刊号だけとは厳しいな」

創刊号が出たとき、王子商事の飯塚さんは暇だと本ばかり読んでいる秀夫に、

「どうだい。君も小説を書いて投稿してみないかね」

と言って『創作園』を置いていった。手近な青年をカモにしようとするようでは、あまり同人が集まらなかったのだ。秀夫がその同人誌を読むと、思ったとおり青臭いような文章ばかりで、一編も感心するような作品はなかった。

古谷さんは王子商事の契約書を見て、契約者の自宅電話のダイヤルを廻したが、すぐ受話器を戻した。

「だめだ。この電話は使われていない」

契約者の隣に保証人が並んでいる。だが、住所と氏名だけで、電話番号は書かれていなかった。

「しかし、曲りなりにも雑誌を出していたんだから、はじめから悪気があったわけじゃない」

と、古谷さんが言った。

「そう思います。ただ、事業がうまくいかなかったんでしょう」

「王子商事というのも妙な社名だな。出版社らしくない。前は違う事業をしていたようだ」

「ぼく、はじめて会ったとき飯塚さんの名刺をもらったと思います」

「今、あるかね」

秀夫は自分のデスクに戻り、引出しの中の名刺の束から飯塚さんの名刺を探した。その肩書には、王子商事株式会社　油脂部長としてあった。電話番号は丸の内局だが、ペンで棒が引いてあった。古谷さんはそれを見て、

「油脂部ね……文学とはずいぶん違う業種だ」

「たぶん、飯塚さん自身が文学青年だったんじゃないでしょうか」

「それにしても、ちょっとした君の留守にデスクを運び出すとはすばしっこいね」

「……ぼくの留守を狙っていたわけじゃないと思います。飯塚さんはきちんと部屋代も始末してデスクを引き上げようとしていたんじゃないでしょうか」

「たまたまそのとき君がいなかった。出来心ってわけかね」

古谷さんは共同事務所の入居者の一覧表に目を通した。

「この三年間で、ざっと二百社以上が事務所を契約している」

事務所に出入りが激しいとは思っていたが、その数字には少し驚いた。

「そして、正式に解約して引っ越して行く会社はほとんどないね。十社ぐらいかな。あとは、立消えになっている」

「そうです。ぼくに挨拶してにここにしてもっと広い事務所へ越していったのは、十社ぐらいでした」

「ここへ来て部屋代の滞りが多くなっている。それだけ不景気なんだな」

秀夫が第二ビルに戻ると、やはり不景気を話題にしている人がいた。東光社の東野さんが、謄写版の手を休めて、福長商事の福長さんに訊いていた。

「これから、まだ不景気になりますか」

「ええ、ひどい不況になりますね。今年の四月、日米講和条約が発効したけれど、同じころ、アメリカの戦略物資の買付が停止になった。以来、朝鮮動乱ブームは後退し続けているでしょう。市況は低落して、来年、とくに貿易会社や繊維問屋などの倒産が続出しますよ」

そういう話を聞いても、秀夫は全く経済に関心がなかったが、福長さんは秀夫の顔を見て言った。

「このごろ、君の会社だけは調子がいいらしいね」

「ええ。なんだか判りませんが、やたらに社員が多くなりました」

「それが不況の証拠です。世の中は不景気なのに、インフレで物価は相変らず上がり続けているでしょう。今、物価は戦前の二百倍にもなってしまった」

「改めてそう聞くと、ひどいね」

と、東野さんが言った。福長さんは続けて、

「それでね、朝鮮動乱ブームで小金を持ってしまった人たちはどうなると思う」

それなら、経済に明るくなくとも判る。

「せっかく儲けたお金がどんどん減っていきます。ぼくなんかは関係ないけど」

「いや、新庄君。これがあるんだな。いいかい、銀行に金を預けたって、利子はたかが知れている。とてもインフレには追い付いていかない。とすると、銀行より高利な、君の会社みたいな金融業者が気になりはじめる」

「お金を持っている人でも苦労はあるんだ」

「そうさ。それじゃなきゃ人生は不公平だ。小金を持っている人は、不況とインフレに怯えているよ。今、一般銀行の年利はどのくらいだと思う?」

秀夫は答えられなかった。東野さんがかわりに答えた。

「銀行、信用金庫が年六分。郵便局だと年四分だね」

「そう。そして、ここの千代田殖産の利息は?」

会社のパンフレットなら、至るところにあるが、秀夫は読んだことがなかった。東野さんが言った。

「月三分ですから、一年に四割四厘九毛になる」

「よく知っていますね」

「わたしもちょっと気になって、新庄君から『利殖の栞』を一冊もらったんです」

秀夫は電話番をしながら、毎日のように会社が発行するパンフレットやチラシを郵送していた時期があった。東野さんはその一冊を持って行ったのだ。

「前に、月一割という会社もあった」

「月一割——滅茶苦茶ですな。保全経済会でしょう」

「ええ。今はもっと低利で落ち着いているようです。ラジオのコマーシャルでは、年二割四分だそうです」

「それでも、どうかと思う」

「やはり、旨すぎるかね」

「だから、新庄君の会社みたいに、月三分というのは怖いね。今、投資者に月三分の配当を支払って、やっていけるような商売なんて、どこにもないよ」

「……年、二割四分でも？」

「ええ。株や競馬で大儲けするならともかく、堅気の商売じゃとてもだめです」

「そんなもんかねえ」

「そういうところをみると、東野さんもお残しになりましたね」

「いや、わたしんところはしがない筆耕屋、手仕事だから残したというほどじゃない」

東野さんはしかし働き者だ。将棋も強い方だが、ときたましか指さない。ほとんど一日中、原紙に向かって鉄筆を走らせている。東野さんの特技は音楽の楽譜が書けることで、並みの工料よりかなりいい収入がある。

「今、投資するとすれば、どういうところが固いでしょう」

と、東野さんは福長さんに訊いた。

「土地ならまず、間違いない」

「やはり土地ね。だが、土地を買うほど余裕はない」

「そういう人が狙われているんですよ。経済に暗い人たちが、飛びつくんです」

「すると、町の金融会社は、金利が払えなくなるのを承知で、金を集めているのかね」

「理屈としてはそうなります」

「……ひどいね」

「今のところはやっていけます。こういう金詰りのときだから、高利に目をつぶって金を借り出す人もいる。だが、先は見えている。多くの融資が焦げつきはじめますよ」

「不況が続けば、投資者もいなくなる」

「自転車操業だから、止まれば転ぶだけです」

東野さんは欲がなくなって、力が抜けたような顔で言った。

「町の金融機関というのは合法なんですか」

「いや、法制化はされていませんね。つまり、野放し状態です。でも、こう業者が増えれば、いずれ立法化されますね」

「金融業者が貸し出す方はどうなんですか。銀行は普通の人になかなか貸さないでしょう」

「その場合、一つの法律が味噌になっていますな。会社の株券を持っている人は、株の金額の三倍まで融資を受けられるんです。これを三倍融資法というんですがね」

「すると、借り手は千代田殖産の株主になればいい、ということだ」

「そう。金を借りたあと、すぐ株を誰かに譲渡してしまえば、思うだけの金が借りられる。町の金融業者は、三倍融資法の網をくぐっているんです」

「町の金融が立法化すると、そういう不透明なところもなくなる」

「そう。もし、会社が倒産しそうになったときも、国が助けてくれる。今の銀行法がそうです。しかし、立法化には相当な金がかかりますね」

「……業者が政治献金するわけだ」

「ええ。千代田殖産の社長は、二年前の参議員選挙に立候補したね」

秀夫はびっくりした。選挙は入社した翌年だった。結果は下位で落選したのだが、はじめから落選が判っているのに、立候補した社長はかなり身知らずだと思っていたのだが、実は思慮遠謀の上だったのだ。はじめは落選しても、そのうち投資者が増えれば、その人たちが応援する。政治家の知り合いが多くなれば、立法化も進めやすい。全く、会社というのは油断ができない。

「君の会社が金融に手を出したのは選挙の前だね」

と、福長さんが言った。

「ええ。ぼくが入社してから社名が変わりました」

「わずか三年ぐらいで、会社は一気に大きくなった。昨年も九段にビルを買って本社を移したね」

「兜町にもここのようなビルがあります」

「ほう……新庄君、君だから注意しておくけどね、この会社、かなり危ないよ。今のうち覚悟しておいた方がいいよ」

もともと、この会社に一生いようとは思っていないのだが、福長さんにそう言われると、やはり不安になる。

「新庄君、筆耕を習わないかね」

東野さんはかなり真面目な顔で言った。

学校へ行って溜まっていた授業料を払う。一時間目は数学だった。数学は不得手でただ黒板に書かれた数字を、ノートに書き写すだけで終った。二時間目の体操は先生が来ず自習で、バレーボールで汗を流した。

休み時間に大月が来て、おれのクラスは三時間目が体育で、次の漢文は面白くないから『河』を観に行く、と言う。秀夫は大いに心を動かされたが、一時間目がろくに頭を使わず、二時間目が自習でこのまま映画に行ってしまったのでは、なんのために学校に来たのか判らない。今日は真面目でいると言うと、大月は鞄を持って駈け出して行った。

三時間目は国語で、安倉先生の授業は丁寧で親切なのだが、進行が遅すぎるのと、前の体操で疲れたのとで、うとうとしてしまう。いつも、体操のあとの三時間目は魔の時間なのである。

　四時間目の歴史は全く聞く価値がなかった。村野先生は病身らしく、丈夫でないのをひがんでいるのか、世の中を斜に見て否定的なことばかり言う。言葉は早口だが力がなく、へらへらした調子だから聞くだけで疎ましいことこの上もない。これなら大月と映画に行った方が有益だったと、後悔し続けていた。

　学校の帰り、都電の中で名を呼ばれた。九段本社勤めの宗方さんだった。宗方さんはトラックの運転手で、屈強な快男子である。

「今、学校の帰りかい」

「そうです」

「まだ、卒業しなかったのか」

「夜学は四年制です。来年、卒業します」

「そうかい。よく辛抱したな。卒業したら、もっと有望な会社に移るんだな」

　宗方さんの顔は赤くはなかったが、かなり酒が入っているようだった。声の調子がいつもより高くなっている。

「今の会社、全くだめだ。おれはつくづく愛想が尽きた。第一、年功序列がめちゃめちゃじゃないか。おれやきみなんかは会社じゃ一番古顔だ。あのころ社員は十人余りだった。昨年から今年にかけて、有象無象がわんさと入社して、どこの馬の骨か判らない奴が、入ったとたんいい席に着いてふんぞり返ってる」

秀夫は昇任して忙しくなるのは真っ平だったが、言われれば宗方の言うとおりだった。今、支社長や専務になっているのは、全く新しい顔ぶれである。そういう連中は多かれ少なかれ千代田殖産に投資をしているようだ。

「それに、給料の安いのも我慢できないぞ。こんなところに便便と腰をすえていたってなんにもならない。おれはね、会社を辞めて、飛行機の免許を取ろうと思う」

「飛行士ですか。素敵ですね」

「うん。飛行機に乗って世界中を飛び廻るんだ。君も乗せてやる。待っていろよ」

酔った上での放言ではなさそうだった。元元、気っぷがよく、姿勢が前向きだ。この宗方さんなら本気で飛行士に挑戦すると思う。

「君も若い。将来に大きな希望を持っているんだろう」

「はい、持っています」

秀夫はつい相手の熱気に巻き込まれてそう答えたが、宗方さんと別れて考えてみると、希望なら際限もなく持っているが、それに応じるだけの覇気には全く自信がなかった。

翌日、学校へ行くと、大月はジャン・ルノワールの『河』がよかったと言い、興奮まだ醒めきらぬ様子である。

「インドの人は素晴らしい、と思う。美しい自然と悠久の歴史を信じ、地に足をしっかりと踏みしめて生活しているんだ。振り返って今の日本を見ると、全く情けない。とくに、若い女はなんだ。ただ、軽薄でアメリカの流れにとびつくだけ。日本という国を考えないのか。嘆かわしくって腹が立つ」

秀夫はそれ以上聞かないことにした。前にも『恐怖の報酬』に感激した大月は、ストーリィを全部喋ってしまい、秀夫は実際に見たとき全ての展開が判ってがっかりしたことがあった。

大月は最後に、

「おれは、どうしても映画監督になる」

と、宣言した。

# 四

寒さがひときわ厳しくなった。共同事務所の朝の掃除は秀夫の役だが、とても水を使う気にはなれないので、煙草の吸殻を拾うだけにした。

昼になって東光社の東野さんと福長商事の福長さんが出勤してきたが、こう寒くちゃやり切れないと、福長さんが炭を一俵買って来て、盛大に火鉢の中で起した。

秀夫は大月から借りた『映画評論』を読み続けていたが、しばらくすると頭が痛くなり、本を閉じてしまった。

ぼんやりしていると、山梨の判子屋さんが来た。小柄な五十前後の、ごくおとなしい人だ。四角な平たいケースの中に、印鑑がぎっしり詰まっている。一週間ほど前に来たとき、共同事務所の何人かが印鑑を注文し、それができてきたのだ。日本緬羊研究所の本多さんと、山本ホーローの山本さんはいなかったが、秀夫は代金を預かっていたので支払って印鑑を受け取った。

秀夫が注文した認印もできていた。新品でなく彫り直しである。部屋代を滞ったまま姿を見せなくなった会社があり、その遺留品の中に二本の認印があった。一本は円形で一本は豆粒ほどだったが、見ると練物ではなさそうだったので取っておいたのだ。判子屋さんに見せると、水牛の印で彫り直しができるというので持っていってもらった。

そのとき見本帖を見て、かなり特殊な字体を選んだのだが、できてきた印を見るとずいぶん判り易くなっていた。その点、やや不満だが、彫り直しなどそう儲からない仕事だから仕方がない。それでも、判子屋さんはいろいろな方を紹介してくれたからと言い、二百円の彫り代を百円にまけてくれた。

この判子屋さんのような外商のもの売りが、ときどき共同事務所へ現れるようになった。

大島の椿油を売りに来た二人連れの娘は、紺の絣に赤い扱《しご》きの帯を締めていた。陽焼けした顔でなんとか言うと「ジョンジョロベエイ、ウテナ」と言う。その言葉を面白がって東光社の東野さんがからかい、しまいに椿油ポマードを買わされていた。

京都の大原女《おはらめ》が京菓子を売りに来たことがある。手っ甲に脚絆、手拭を冠《かむ》っている。

「大原女なら頭になにか載せるんじゃなかったかい」

このときも東野さんがからかい、結局なにも買わなかった。

昼どきになると「甘いパン」を売りに来る人がいたが、一度も売れたことがなかった。

二、三年前までは、そういうもの売りが来ることはなかった。それだけ世の中が落ち着いたのだろう。

前の年にはそば屋が復活し、食券なしで外食ができるようになった。

山梨の判子屋さんが帰ったあと、秀夫を呼ぶブザーが鳴った。隣の第一千代田ビルに行くと、管理の古谷さんが「本社で社長が呼んでいる。これからおれと一緒に行こう」と、言った。

外は寒かったが空は晴れて陽が差している。共立講堂裏の堀端を歩いているうち、頭痛が消えていった。やはり締め切った部屋で炭火をたくのはよくないようだ。

この千代田会館は千代田ビルと同じように、千代田殖産株式会社が使っているのは一階だけであとはいろいろな会社に貸している。それだけではもの足りないようで、三階の上は工事中だった。建増しをして四階も貸事務所にするらしい。

「あら、お元気？」

入口でタイプライターの高橋嬢に会った。

「君と別れ別れになって、淋しいよ」

と、古谷さんが言った。

「相変らずお上手ね」

そのまま外へ出て行く高橋嬢がますます綺麗になっているので秀夫は驚いた。もしかして、自分が九段勤めに転勤させられるのではないかと思い、秀夫は心配になっていた。第二千代田ビルの電話係という今の仕事は、冬寒いのを別にすればたいへんに居心地がいい。会社の社員から離れてただ一人、まわりにいるのは事務所を借りているほかの会社の人たちばかりだから、電話のないときには本を読もうが居眠りをしようが遠慮がない。

本社が九段に移る前、社長が見廻りに来て、この社員をもっと使わなければ損だと思ったのか、それ以来、営業案内の発送の仕事が山ほど持ち込まれたことがあった。「利殖の栞」というパンフレットである。

福長商事の福長さんが教えてくれたのだが、朝鮮動乱景気で小金を持った人が、このごろの景気の停滞とインフレで怯えている。そういう人たちを狙って、高利を餌に投資者を慕っていたのである。中にはどこから手に入れたのか、千何百人という医師会会員の名簿が秀夫に渡されたことがあった。

その本社も九段に移って、秀夫は郵送の仕事もなくなり、ほっとしているところだ。だが、こまかい社長のことだから、あの閑な電話係のことをまた思い出したのかもしれない。

社長室に入ると、社長の赤松平次郎は立派なスーツを着込んでいた。だが上等の服は貧弱な顔をよりみすぼらしくさせているように思えた。

赤松社長は帳簿を見ていたが、顔をあげると神経質そうに目をぱちぱちさせた。

「今、第二ビルの三階、南側の共同事務所は七卓分のデスクが入っているが、三卓分しか利用者がいない」

「はい、そうです」

と、古谷さんが答えた。

「どんな会社が入っているのかね」

古谷さんは秀夫の方を見た。秀夫が答えた。

「東都ゴムと東都パンニュース社です」

赤松社長は帳簿を見て言った。

「両方とも部屋代が滞っている。事務所は利用しているかね」

「このごろはほとんど来ていません」

「……じゃ、今度からこの部屋は単独貸しにしよう」

「はい」

「それでなくとも、効率が悪いね。いつも三割から四割のデスクが空いている」

このごろ姿を見せなくなった利用者は五割を上廻っているが、秀夫は何も言わなかった。

「事務所がフルに動いていれば、第二ビルだけで十五万になる。これから新庄君は事務所を利用しなくなった会社をこまめにチェックして古谷さんに報告するように」

「はい」

「古谷さんはそれにもとづいて企画を立てて新聞広告を出すこと」

古谷さんもはい、と言った。

「きみたちのチームワークがよかったら、第二ビルの上がりは十五万になるはずだ。もし成績によっては賞与を出す用意がある」

結局、もっと働けと言っているのである。秀夫は部署替えでないのでほっとしたが、これ以上事務所が満杯になってはたまらないと思った。それでなくとも、電話はパンク状態で、なかなかつながらないという苦情ばかり聞かされている。古谷さんも同じ考えらしく、以来、秀夫にはなにも指図しなかった。

秀夫は第二ビルの受付に戻ると原稿用紙を拡げた。校内新聞の鬼頭に頼まれていたエッセーの腹案がかたまっていた。

新聞部長の鬼頭は、実際に大手新聞社に勤めている新聞大好きな生徒である。

生徒の中には会社の仕事が大好きになって、学校が疎かになってしまう者がいる。証券会社で株の売買に夢中になった生徒は「へん、ちゃんちゃらおかしくって勉強なんかできるか」と言い、週に一度しか顔を見せなくなった。

この学校に証券部はないが、新聞部はある。鬼頭はそのために学校へきているように思える。もっとも、鬼頭のことばかりは言えない。どの部にしろ、それを生き甲斐にしている生徒は少なくない。

鬼頭は新聞に載せる顔写真の凸版などは会社で作って来てしまう。生徒会雑誌を作るときにはずいぶん鬼頭に便宜をはかってもらったことがあるが、新聞を愛してやまない鬼頭は、新聞の構成、見出しの立て方から、コラムの呼吸までが一般紙を手本とするのはいいとしても、思考までもジャーナリズムを受け継いでいる。そのため、一般紙が政治を非難するのと同じ調子で、学校や生徒の自治会を追求することがしばしばあった。

この日の新聞にも「中央委員、醜態を暴露」などという見出しが踊っていて、秀夫はそれを見るだけで辟易した。

だいたい、学校に中央委員とか評議委員などというのは必要ないものだと思っている。

自分の利益だけを主張する社会だからそうしたものがなくてはならないが、学問と理想が建前の学校では、話し合いで万事を解決すべきだろう。

秀夫は評議委員会に出席するたび、腹を立てていた。「自己の主張は非常に元気よく言うのですが、受け入れる方は零点と申しあげます」と、クラスメートの菅千鶴子《かんちづこ》が同じ新聞で喝破したとおり、男のエゴイズムを思い知らされるだけであった。

二面を見ると、秋の体育祭の報告が載っていた。記事はこれまでにない盛会の様子が好意的に述べられていたが、返す刀で文化祭の演劇部の公演が斬り捨てられていた。

そもそも、現実逃避をテーマにした、谷崎潤一郎の『白狐の湯』を演劇部が取り上げたことが無意味である、という。五月、皇居前の血のメーデーを例に出すまでもなく、社会が厳しく動いているとき、われわれ勤労学生は問題意識を持って当然であるべきなのに、時代錯誤もはなはだしい。

どうも、新聞部とは反りが合わない。秀夫はそう思っただけだが、正義漢の大月はそうはいかなかった。

「連中は美の力を知らない。デモなどで社会は変えられないが、美は歴史をも変えることがある」

『白狐の湯』の舞台は満月に照らされている山間の渓流で、主人公は岩間に湧き出している温泉に、一人の美女が入浴しているのを目撃する。実はこの美女の正体は狐なのだが、主人公は狐のあとを追って異次元の世界に越えて行ってしまう、潤一郎独特の耽美的な戯曲であった。

「しかし、潤一郎が判らないというのは、相手は縁なき衆生だぜ」

うっちゃっておけと秀夫は言ったが、大月は鬼頭のところへ談判に行った。

「いや、悪く思うな。あれは例のジャーナリズムの建前だ」

鬼頭はけろりとして言った。

「演劇部の芝居、とても面白かったぜ。今度、部活報告のコーナーを書いてくれ」

そんなことが頭にあったので、秀夫は肩の凝らない読物を書くことにした。

題は「観客席から舞台を」である。

――演劇部が「九段座」を結成して、はじめての公演は昭和二十五年の文化祭の小山内薫作『息子』であった。これを選んだのは優れた演劇性と、登場人物三名、単純な舞台装置で演じられるという点であった。はじめての経験なので、あまり複雑な芝居は取り上げられなかったのである。

それにしても、縮尻《しくじり》があった。まず、劇の見せ場で入るべき効果音の笛が聞こえなかった。舞台に出ていたぼくは思わぬ出来事にすっかり動揺してしまった。あとで聞くと、肝心の笛がどこかに紛れて見当らなかったのだという。

次に、あろうことか、舞台裏でうろついていた部員が電気のコードにつまずいたため、上演中の舞台の照明が消えて暗闇になってしまった。わずか二、三秒のことだったが、とんでもない失敗である。

その翌年、三月の卒業式の送別会では、真船豊作『寒鴨』を演じた。このときも数多くの手違いがあった。

劇中、銃を撃つ場面があり、銃声を擬音係が受け持つことになった。スタッフの望月は竹筒にカーバイトと水を詰め、ころを計って火をつける、という音響装置を発明した。ところが、本番のとき、見事にきっかけを外し、思わぬとき銃と言うより大砲のような轟音が起って観客が大笑いとなった。

加えて、竹筒の轟音の反動で、出入口の戸が倒れてしまった。それをそっと立て直したのだが、それに気付いた友達は、終演後「自動ドアとは洒落れている」と皮肉を言った。

また、舞台装置の人手が足らず、ぼくがぐらつく大道具を押えているとき芝居がはじまってしまった。そのため、上演中はずっと鎹《かすがい》の役を勤めていなければならなかった。

あれこれ、不満だらけの芝居だったが、送別会が終り、講堂を片付けていると、卒業生の江田さんと渡辺さんが揃って来て、礼を言われたのには感激した。

なにを隠そう、昭和二十四年の卒業式の送別会に上演された、菊池寛作『父帰る』を観て、ぼくたちは団結を固くしたのだ。そのとき素晴らしい名演技をされたのがそのお二人だったのである。

その年の秋の文化祭が、久米正雄作『地蔵経由来』。その当時、あろうことか出演者の一人が盲腸で入院してしまった。手のあいているのは演出のぼくしかいない。台詞はほとんどうろ覚えである。

衣装係が地蔵の赤いよだれ掛けと一緒に、子供の腹掛けを持って来た。金の字が入っている腹掛けで、まさかこれは着けて出るまいと思っていたのだが、地蔵堂の扉が開くと、丸金印が目に飛び込んで来た。プロンプターが吹き出したから、あとは支離滅裂となった。原作者には畏れ多いのだが、幸いに深刻な劇ではなかったのでなんとか辻褄が合い、失敗の場所は笑いの効果を生んで好評を得たのである。

そして今年の文化祭は、谷崎潤一郎作『白狐の湯』。これまでとは違い、すでに舞台経験十分である。間中による講堂一杯を飾った渓谷の装置も今までにない豪華さであった。出演者も、体育祭の仮装行列で、颯爽とジェームス・ディーンのカウボーイに扮して女子生徒の憧憬を一身に集めたのが演劇部のトップスター如月《きさらぎ》と、ベテラン菅千鶴子嬢をはじめ、スタッフ、演劇部の三月（大月、望月、如月）の活躍と、特筆すべきは一年生女子たちの好演で、上演は大喝采のうちに幕となったのである。

ただ、残念なことにぼくはまたしても客席から観ることはできなかった。大道具の岩の後ろにいて、赤貝を擦り合わせながらかじかの鳴き声を発していたからである――

秀夫は書き終えた原稿を読みなおして、ふと、苦労話も入れた方がよくないか、と思った。

——劇を上演するまで、もちろん、楽しいことばかりではない。部活動は放課後の限られたわずかな時間と、日曜日だけである。練習や大道具作りに夢中になり、つい、終電車の時間になってしまう。それでも大目に見てくれる先生がいるかと思うと、下校時間に厳しい先生もいる。

芝居の演出に、意見の食い違いが生じるのもしょっちゅうだ。かなりひどいことを言い合うときもあるが、喧嘩にはならない。皆、芝居が好きだからだ。

部活動の予算が足りたことは一度もない。もっとゆとりがあれば、大道具作りも楽になるし、不似合いな衣装を持ち寄ることもなくなる。

体育祭や文化祭の日取りも自由にはならない。昼間の第一部と重なり合わないように調整するのだが、どうしても昼間が優先し、夜学は譲歩することになる——

そんなことを書きはじめたらきりがない。秀夫は初心に戻り、笑えそうな失敗話だけをエッセーにすることにし、書き上げた原稿を推敲するにとどめた。

学校の三時間目が終ったとき、大月が来て、

「おれのクラスはこれからホームルームだから、一足先に抜け出して〈尾張屋〉へ行く」

と、言った。尾張屋は富士見坂にあるそば屋で、放課後、「立太子式」の式場に予約してある。言われて秀夫はあせった。

「おい、おいてけぼりを食わせるなよ。おれも、行く」

「授業はいいのか」

「ああ、安っさんだからろくに進まないだろう」

「しかし、演劇部がごっそりいなくなると、危ないんじゃないか」

秀夫のクラスの演劇部員に声をかけると否応ない。

昨年、演劇部の公演のあと、打ち上げをしていると、三年生担当の安倉先生と中居先生に踏み込まれて、説教されたことがあった。

「だが、今度は大丈夫だ。数えでも一応成人なんだし、正直に早退届けをしなきゃいいんだから」

と、大月が言った。前のときなぜ先生が打ち上げを知ったのかふしぎだったが、あとになって、部員の海部が職員室へ早退を申し出たため、安倉先生に問い詰められて全てを白状してしまったのだ。先生としては未成年の飲酒を知って見逃しにはできない。

そば屋の二階は、四畳半と六畳続きの細長い部屋で、中央に細長い食卓が並べられていた。すぐ、徳利が並ぶ。総勢八人。

カジキ鮪の刺身は水っぽく、トンカツは相馬が他人の分まで食べてしまう。だが、ずいぶん酒の飲み方は上手になったと思う。

はじめのころは酔う酒の量が判らないものだから、半数はがぶがぶやって、すぐぶっ倒れてしまった。自慢にはならないのだが、秀夫や如月はただ陽気になって、目が廻るようなことはなかった。

とは言っても、しばらくすると二升の酒がなくなり、皆が陶酔状態になった。

「なに、もう酒がねえのか。よし、おれが調達してくる」

宇田川が元気よく外に飛び出して一升瓶を抱えて来、そば屋の小母さんに渡した。

成瀬が大月と海部を相手にフランス映画論をぶっている。成瀬は一つ年上で、職をもっていない。金にも不自由していないようで、そうした男が昼間でなく、なぜ夜学を選んだのかふしぎだが、考えがあってのことだろう。時間にも余裕があるから、遊ぶことは成瀬によることが多い。映画もそうだが、喫茶店の案内も成瀬の役だ。

秀夫は上戸の如月と杯を重ねていると、

「おれ、下級生から手紙をもらった」

あまり自慢したことのない如月がそう打ち明けた。同級生の女子は五人しかいないが、一級下は十名、二級下は二十名、今年入学した一年生は四十人近くいた。

「二年生の子でね、おれに俳優さんになって、出世してください、と書いてあった」

「……それでラギは役者になるのか」

「ああ、応募するなら俳優座だな」

如月は『白狐の湯』の成功で人生が見えたのである。

そのうち、声が大きくなる。歌が出る。宇田川が踊り出す。

酒を飲み尽すと、都電はもうなかった。

秀夫は足元のおぼつかなくなった大月を担ぐようにして水道橋から春日町へ。この通りは地下鉄工事で自動車も通らない。その道中、大月は止まるところを知らず喋りつづけるのには閉口した。大月によると同居していた望月は大月の寮を出て、早稲田のアパートを借りたという。大月とは富坂で別れ、家に着いたのは十二時をすぎていた。

## 五

十二月に入ると、共同事務所がかなり空いたので、管理の古谷さんが新聞に三行広告を出した。その翌日から秀夫は忙しくなった。

事務所を見に何人もの人が第二千代田ビルを訪ねて来、秀夫はその一人一人を案内して、午前中に三社ほどが使用契約書を取り交わした。業界新聞社、出版社、商社などだったが、どれもデスク一卓の契約で、長続きしそうもない会社だった。年の瀬が迫り、夜逃げをしてきたのかと疑いたくなる。

「怪しいような会社が入ると面白いね」

事務所に来る客を一人一人それとなく見ていた福長商事の福長さんが秀夫に言った。そういう福長さんの会社も十分怪しいのだ。

「富士映画みたいな会社。社会勉強になるだろ」

「なりませんよ。真っ平ですよ。そのたびに刑事が来て取り調べられるんですから」

「わたしも、はじめ知らなかったもんだから、びっくりしたわ」

と、タイプライターに向かっていた朝日タイプライターの北尾夫人が言った。

「わたし、神田警察署の仕事をしているのよ。ここを事務所に決めてから署に挨拶に行くと、名刺の千代田第二ビルという字を見て、このビルは事件が多い。くれぐれも注意しなさい、と言われてしまったわ」

「ここは、札付きのビルなんだ」

「ええ、今さら代えるわけにはいかないし、はじめのうちは緊張していたけど、とくに変な人はいないのね」

「そりゃ、そうです」

と、秀夫は言った。

「悪いことをするような人は、あまり事務所には顔を出しません。水面下でことを運ぶのです」

朝日タイプライターはご主人の北尾さんが仕事を取って来て、北尾夫人がタイプライターを打つ。自分の手で仕事をする人は、謄写版の東野さんや、エアーブラシの浅見さんのように、真面目な働き者ばかりだ。

昼すぎに来た客は秀夫に、大和機器《やまとき き》株式会社　田原五郎という名刺を渡した。

秀夫は夜逃げをした王子商事の二卓分の空いた場所を示した。

「この上の三階には、デスク付きの場所があります。デスクの使用料は部屋代と別になりますが」

田原はちょっと考えて、

「いや、デスクなら今の事務所のを運びましょう」

「ここの共同事務所は利用者が全室を独占使用しているとして、相手方の信用を得ることができます。そのため、デスクの上に社名などは表記しないように。また、原則として事務員を置くときは一卓につき一名のこと」

そして、秀夫は受付の横に並んでいる応接セットを示した。

「来客のときはここをご利用いただきます。でも、あまり大勢の外務員がここを独占するようなことはご遠慮下さい。事務所の使用時間は午前八時より、午後五時まで。事務所を使用する社は、ビルの入口の上に規格の看板を表示いたします」

と、付け加えた。

田原はちょっと電話の方を見て、

「電話はこの二本を使えるのかね」

と、訊いた。

「はい。共同使用ですが、名刺に入れてくださ い。電話使用料は、あらかじめうちの会社が発行している電話券を買っていただき、使用するたびにこの受付に渡して下さい。もちろんかかってきたときは頂きません。ご不在のときの電話は、受付のぼくがその会社の社員として応対し、用件を記帳します。来客のときも同じです」

「じゃ、常時、うちの事務員を置いておかなくともいいわけだ」

田原はそのことが気に入ったようだった。

秀夫は隣の第一千代田ビルの会社、千代田殖産建設に行き、タイプで打った契約書を渡した。契約書には保証人の印が必要だ。田原はその印をもらって来るからと言い、契約書を持って帰っていった。

受付の浦木嬢が届いたばかりの郵便物を仕分けていた。第二千代田ビルの会社宛の郵便物は多くはなかった。ある会社の郵便物が急に増えると要注意である。富士映画の求人詐欺のようなことがある。

「これ、社名が書いてないわ」

と、浦木嬢が一通の封筒を見て言った。

「ただ、第一千代田ビルとだけしてあって。新庄さん、判る？」

秀夫はその封筒を見た。宛名は菊池洋之助、よく知っている名だった。

「その人なら共同事務所の人です」

入社してまだ一年余りの浦木嬢は、菊池洋之助が誰だか判らない。なんの疑いもなく封書を秀夫に渡した。差出人は証券会社だった。

菊池さんは、もと秀夫の上司だった。

中学校を卒業してすぐ、秀夫は神田職業安定所に通った。神田を選んだのは高校に近いからだったが、職はすぐにはなかった。高校生に斡旋する係員は、はじめのうち勤めと学校の二足の草鞋《わらじ》は君が考えているほど容易なことではない。よほどの覚悟が必要だ、と決して励ましではない、説教するように言っていたが、それでも通いつめるうち、二月もたって係員と顔馴染になったころ、やっと一つの勤め口を見つけてくれた。

「ただし、ここは厳しいよ。紹介した者が何人も断られているんだ」

秀夫は紹介状を持って、第一千代田ビルに行った。そのとき、応対したのが菊池さんだった。安定所の職員に言われて、かなり緊張していたが、菊池さんは難しいことは一つも言わなかった。

「自転車に乗れるかね？」

秀夫がはいと答えると、それで採用が決まった。

そのころ秀夫は坊主頭、世間ずれしていないところが気に入られたらしい。

はじめての会社勤めで右も左も判らない。菊池さんはまず電話のかけ方から必要なことを一つずつ教えてくれた。

そのころ会社は千代田建設といい、営業は建売り住宅と貸しビルで、まだ金融の仕事はしていなかった。社員は十人あまり、菊池さんは貸しビルの管理一切を切り廻していた。

菊池さんは小でっぷりとした色白の美男子で、若く見えるが三十を越しているはずだった。仕事の上では手腕家だったが、そのうち、菊池さんは遊びの方でもかなり派手なことが判ってきた。

あるとき、秀夫は神保町のキャバレーに使いにやらされた。菊池さんが届けるようにと渡された小切手を見ると、発行人は共同事務所の山本ホーローだった。そういうことが、一度や二度ではなかった。

入社した次の年の暮れ、秀夫は社長に呼び出された。隣には常務取締役が難しい顔をしていた。

社長は痩せた顔に皺を作り、一枚の小切手振出し伝票を差し出した。それには秀夫と菊池さんの認印が押してあった。

「これ、君が押したのに間違いはないね」

と、社長は不機嫌に言った。

「はい、菊池さんに頼まれて押しました」

秀夫はそう答えたが、伝票をいちいち記憶していたわけではなかった。伝票に捺印したのもこの一枚だけではない。菊池さんはそれをうまく処理していたのだが、たまたまその一枚が洩れてしまったに違いない。

社長は常務とちょっと顔を合わせ、

「菊池から金をもらったのか」

と、訊いた。嫌な表情だった。秀夫は憤然として、即座に金などもらいません、ときっぱりと言った。

この様子をそばでちらちら見守っている社員に気付いた。経理の石坂さんで、菊池さんの遊び仲間の一人だった。社長が、

「判った、もう、いい」

と、苦り切った顔で秀夫に言うと、石坂さんはほっとした顔になった。

それ以来、菊池さんに会ったことがない。

第二千代田ビル内としただけの菊池さんへの手紙はわけがありそうだった。昔の事情に詳しい人が見たら、開封されてしまうかもしれない。秀夫はその手紙を預かっておくこと

にした。

秀夫が第二ビルの受付に戻ると、中央挿絵家集団の神野画伯と一色氏が来ていた。画伯は秀夫の顔を見ると、

「やあ、新庄君。どこでサボっていた」

と、かっかっかっと笑った。

「今、表を通りかかったらガラスドアから見えた。受付嬢と楽しそうに話をしていたな」

「神野画伯、妬くんじゃゃない」

と、そばで一色氏がいった。集団の中で一番若いのだが、どういうわけか一色氏と氏をつけて呼ばれている。

「いや、妬いてなんかいない。新庄君に読心術をかけようと思って待っていたんだ」

「……読心術ですか?」

「そうだ。君の考えていることを当てる」

画伯は秀夫の顔の前に両手をひらひらさせた。

「うん、判った。君は会社じゃ昼行灯《ひるあんどん》のような顔をしているが、これでなかなか隅へは置けない男だ」

「じゃ、真ん中(漫画家)になりましょうか」

「洒落をいってはいかん。君はこの三月、学校の生徒会雑誌に論文を発表したな。漫画

家どころじゃない。『東洲斎写楽』どうだ?」

「写楽——あの、役者絵の?」

と、一色氏が訊いた。

「そう。この男、ぼうっとしているのは世を忍ぶ仮の姿だ」

「それなら、おれも読みたいな」

秀夫は首を横に振った。

「だめですよ」

「どうしてだ。皆に読ませようとして活字にしたんじゃないのか」

「だから、今、後悔しています。読み返して、とてもだめでした」

画伯はにこにこして、

「どうだ。新庄君、おれの読心術は凄いだろう」

「ぼくがここで書いていたのを読んだんじゃないですか」

原稿やカットはこの机の上で書いた。表紙の印刷にはエアーブラシの浅見さんの息子、武夫君に相談した。武夫君は工芸高校の印刷課程に通っていて、印刷の知識がある。

「いや、盗み読みなんかはしていない。していない証拠には、まだあるぞ」

神野画伯は目を半眼にした。

「その雑誌、綴方を漫然と述べたような、そんじょそこらにあるような生徒会雑誌とはわけが違う。青臭い創作などは一つもなし。そのかわり、部活動の報告に多くのページをさいている。異色なのは、各学年の代表者が集まった座談会だ。これはなかなかのものだ」

「……びっくりした。そのとおりです。これは本当の読心術なんですか」

と、秀夫が訊くと画伯は天井を見て、かっかっかっと笑った。

「違うね。種を明かせば簡単なことだ」

「種があったんですか」

「がっかりした顔をするなよ。本物の読心術ができたら絵など描いちゃいねえ。教祖様になっている。実はさっき神保町を歩いていると、一人の男に出会った。名を安倉佳一郎という」

「……安倉先生ですか」

「うん。昔からの友達だ。話をしていると、たまたま君の話が出た。待てよ、もしかしてその生徒というのはおれの事務所にいる昼行灯じゃねえか——いや訂正しよう。君の正体が判ったから」

画伯の話はいちいち大袈裟だ。

「安倉の話だと、君の仲間はユニークな人物が多いらしいね」

「先生、そんなことを言っていましたか」

「うん。生徒会雑誌には先生たちの文章も載るんだが、今回は原稿用紙一枚の依頼だった。一枚分のエッセーはずいぶん難しかった、と言っていた」

「仕方がありません。載せたいものが多かったんです。雑誌はたった六十ページ足らずですから」

「そうだろうな。先生にお説教をだらだら書かせるわけにゃいかねえ」

編集長格は同じクラスの結城だった。結城は本が好きだが、秀夫のような片寄った読書をしない。古今東西の名作に接している。秀夫がすぐ挫折してしまった『ジャン・クリストフ』を読破したと聞いて以来、敬意を抱くようになった男だ。

結城の発案で先生たちの原稿を一枚に限定した。投稿の原稿もかなり集まったが、結城は全てを読み、創作、小説の類いは全部没にした。座談会も結城の発案だった。

「ちゃっかりした面もある」

と、画伯はいった。

「近くの会社や商店から広告を集め、掲載料をふんだくった」

「仕方がありません。予算が少なかったんです」

「そういうことは、全部これまでの生徒会誌にはない、はじめての企画だったね」

「でも、自慢はできません。市販の綜合雑誌を真似ただけですから」

「そうは言うが、のんびりした昼間の生徒にゃできない芸当だ。安倉が感心していたぞ」

「結局、素直ではなくなっているんですね」

「そうとも言える。安倉のような先生という職業は学生の延長みたいなもんだからな。君たちの方が社会経験が豊かかもしれない」

社会経験で自分が成長したという思いはないが、生徒会誌一冊を作り上げたときの、強烈な感動を忘れることができない。

朝の雪が雨に変わって一日中降り続けていた卒業式の日であった。講堂での式は、来年はいよいよ自分の番だと思うためか、いつもとは違ってしんみりとした気持でいた。式のあと、送別会の音楽演奏やオペレッタ、放送劇などがあって講堂を出ると、結城がいた。顔を合わせるなり駈け寄って、痛いほど手を握られた。

「できた――」

感極まった調子で叫んだあと、しばらくは声もない。職員室へ入り、真新しい一冊を手にする。ページを繰る指も震えるほどであった。安倉先生が、今卒業生に渡して来た、と言い、秀夫が描いた目次のカットを誉めてくれた。

「これから、楽しみに読ませてもらう」

学校を出ると外は寒かったが、その寒さが快かった。

翌日、生徒会誌を会社に持って行き、一日中ページを開いたり閉じたりしてすごした。それまでにここにこして神野画伯の話を聞いていた一色氏が言った。

「すると、新庄君。大人の世界は甘くはない、ということも知ってしまったろう」

「ええ。学校で教わったことは、あまり通用しないようです」

「しかし、それは問題だな。そういうのは、もっとあとでもいい」

「……そうですか」

「たとえばここに、野球の好きな少年がいて、川上や大下に憧れていたとする。少年は身体も大きく、運動神経も抜群だ。もし、君がこの少年だとしたら、プロ選手を目指してわき目もふらず突き進むか、どうする?」

「……多分、野球は趣味だけにしておくでしょう」

「なぜだね」

「この社会は実力だけでは成功するとは限らないからです」

「それが正解だろうね。しかし、その少年はプロを志せば、万一ものになるかもしれないじゃないか。君ははじめからそのチャンスを捨ててしまっている」

「………………」

「問題だ、と言ったのはそこだよ。おれたちは世間知らずだと思われようが、夢を持っている。今度、この中央挿絵家集団は、解散することになった」

「えっ……本当ですか」

秀夫は神野画伯を見た。画伯はうなずいていた。

「おれたちは今の絵描きのままじゃ、満足していないというわけさ。一人一人が独立して、ゴッホやピカソになろうとしているんだ」

「すぐ、解散してしまうんですか」

「ああ、今年一杯に、ね」

ほかの会社だったら、解散しようが引っ越そうが驚かないのだが、挿絵家集団となると、気が塞いでしまう。画家の一人一人には特別の思い入れがあった。

「君はまだ若い。老成して悟ったようなことを言うのはどうかね」

と、一色氏は言った。


授業前、教室のダルマストーブにあたっていると、のっそりと望月が近づいて来て、

「一人暮しも楽じゃないよ」

と早稲田での間借り生活を話し始めた。

「おいおい一週間で音《ね》をあげたのかい」

「そうじゃないよ、ツキの部屋よりはよっぽどマシさ」

望月は大月の部屋に転がり込んだことがあった。

大月は会社の寮住まいだった。文京区富坂にある四畳半の一間だけだが、夜中、学校か

ら帰って寝るだけだから、望月と同居しても困るようなことはなかった。それにしても、

「お前の家は戦災でも焼けなかった。二階もある広い家じゃないか。それでも不足か」

と、秀夫が言うと、望月は口の中でなにかぶつぶつ言った。

「おれの家なんかひどいもんだぜ。戦後建てたバラックで、まだ六畳一間きりだ。そこに親子六人が折り重なって寝ている」

「……家じゃないんだ。親父と顔を合わせるのが面白くない」

望月の親父は袴《はかま》専門の仕立屋だ。よほど頑固な職人らしく、望月が仕事を習っているとき、うまくできないと撲《なぐ》りつけると、いつか話していたことがあった。

「だいたいおれは家の中でじっと仕事をしていられない」

望月は秋の体育祭のとき、マラソンで堂堂の一着に輝き、名を校内にひろめた。身体を動かすことが好きなのだ。

「じゃ、ほかに勤めるのか」

「うん。だいたい決まっている。神保町の本屋なんだがね」

そばで聞いていた菅千鶴子が、

「男ってなんてわがままなんでしょう」

と、強い調子で言った。

「ちゃんとした家があるのに、出るなんて信じられない」

二クラスある学年でも、女子は五人ほどだった。男子の学校に入学するほどのことはあって、女子はしっかり者が揃っていた。その中でも千鶴子はとくに男子に対して厳しい。校内新聞に、

「男のエゴイズムはすねた子供のように手がつけられない。独立心の旺盛なためでしょうが、自己の主張は非常に元気よく言うのですが、受け入れる方は零点と申しあげます」

と、胸のすくような文章を書いた。

だが、秀夫は望月の気持が判るような気がする。望月が家を出る決心をしたのは、間中の父親の死がきっかけだったと思う。父親の死で間中の人生の道がほぼ決められてしまった。振り返ると、自分はどうか？

飛行士になるという運転手の宗方さんも、ゴッホやピカソを目指す挿絵家の一色氏も、映画監督になるという大月も自分の道をつかもうとして懸命である。

「男は夢みたいなことばかり考えている。ばかだと思うでしょう」

と、秀夫が言うと、千鶴子は、

「だいたい映画の観すぎよ」

と笑った。

# 六

会社の前の道にトラックが停まった。

秀夫は受付に郵便物を取りに来て、カウンター越しに浦木嬢と話をしていた。トラックが停止する音に、なにげなく見ていると、車から運転手が降りて来て、正面のガラスドアを押して入って来た。運転手は受付の浦木嬢の前に立って、

「大和機器という会社はどこですか」

と、訊いた。

浦木嬢のデスクの前に、千代田第一ビルに入居している会社の一覧表が貼ってある。社名は三十社余りあった。浦木嬢は表を見たが、大和機器という会社はその中にはなかった。

運転手は首をひねって、手にしていた小さな伝票をカウンターの上に置いて、浦木嬢に示した。

「千代田ビルというのはここですね」

「はい」

「ここにちゃんと大和機器と書いてあるんですがね。机を運んで来たんです」

机という言葉が耳に入って、秀夫は二、三日前に第二ビルの共同事務所を案内したことを思い出した。

「大和機器の田原さんですか」

「ええ、そうです。ここのビルですよね」

運転手はほっとしたように言った。

「確かに、田原さんという人が、事務所を借りたいと言って来ました。けれども、正式に契約したわけじゃないんです」

「……というと？」

「大和機器はまだここの事務所を使っていない、ということです」

「じゃ、運んで来た机は？」

「受取人がいないわけですから、持ち込まれても困ります」

「それは、弱った。一時、置かせておいてもらえませんか」

「ちょっと待ってて下さい。管理と相談します」

秀夫はカウンターを廻って古谷さんのところに行き、事情を話した。古谷は長い顎を撫でて、

「契約もしないうち、机を運びこむなんて、太い奴だ」

と、言った。秀夫は苦笑いして、

「机を運んで来るぐらいですから、契約に来ると思います。一応、預かっておきましょうか」

「そうだな。反対に、事務所にある机を取りに来たわけじゃないし」

秀夫は運転手のところに戻り、隣にある第二ビルの二階に運ぶよう言い、案内するため外に出た。

「ただし、入口が狭いので、階段からは入りません。二階の窓から引き上げて下さい」

運転手は変な顔をして第二ビルを見上げた。

これまで数多く机を運び込んだが、その度にこのビルの設計者はどんな人間だったか、と思う。どの部屋のドアも、わずか一センチ狭いために、普通サイズのデスクが入らないのである。

はじめのうち、蝶番《ちょうつがい》を外してドアをを取り去って机を入れていたが、度重なるにつれて、蝶番ががたがたになり、以来、窓から出し入れするようになった。

人目を盗んで机を運び去ってしまう、入居者の夜逃げ防止のためではない。その証拠に、ビルの方方《ほうぼう》が欠陥だらけである。

秀夫が入社したとき、ビルはまだペンキの臭いも残っている新築だったが、しばらくすると、階段ががたがたになった。一段一段のコの字型のコンクリートがそっくり剥がれ、下の木地が丸出しになる。前後して床のリノリュームもぼこぼこに波を打ち、これも剥がれだしていった。

笑って済まされないのは照明だった。

秋に入って、日暮れが早くなり、夕方電灯をつけると、部屋が妙に焦げ臭い。天井の灯りは見てくれのいい、丸く白いカバーで覆われている。試しにそのガラスのカバーを取って見ると、裸電球が横にはめられていて、上部が天井と接触し、その部分が黒く焦げていた。

下手をすると人命にもかかわりかねない、無責任工事である。そのときは、稲川さんが電球の接触部分にブリキを当ててがったが、一時しのぎにすぎない。

そのころ千代田建設は建売りを事業としているが、これまで、どんな家を売っていたかと思うとぞっとする。

秀夫は運転手を二階の事務所に案内した。入口のドアの近くに、デスクの二卓分が空いていた。王子商事に逃げられてしまった跡だった。

事務所にはいつものように福長商事の福長さんが新聞を読んでいる。東光社の東野さんと朝日タイプライターの北尾夫人はそれぞれ謄写版の原紙とタイプに向き合っている。

机を二階に運び上げるのは一人では無理だ。運転手はトラックから降ろした机を麻布で包んでロープを掛け、二階に登って窓から顔を出した。秀夫が下からロープの端を投げ上げて運転手に渡し、引き上げる机を下から支えてやった。

仕事はすぐ終り、受付に戻ると暇になったが、試験勉強をする気も起らない。エラリー・クイーンの『Ｚの悲劇』を取り出した。まえに読み終えた『Ｙの悲劇』にひどく感心したからだった。

探偵小説シリーズのぶらっく選書が本屋に並びはじめたのは秀夫が入社したころだったが、新刊本は高価で手が出せなかった。それがこの年、神保町のゾッキ本屋に姿を現した。ゾッキ本は新刊一冊の値段で三冊も買え、しかもまだ人の手に渡っていない新本だからこたえられない。秀夫はすぐゾッキ本ファンになってしまった。

昼近くに、もと管理人だった菊池さんから電話がかかってきた。

「もしかして、ぼく宛に手紙が来てやしないか」

と、言う。その手紙なら預かってありますと答えると、菊池さんはほっとしたように、

「君がいてくれて、よかった。これから取りに行くよ」

と言って電話を切った。

昼休みになって、秀夫が第一ビルに行って、ガス台の前で湯の沸くのを待っていると、専務の今井外右衛門に呼ばれた。

「昨日、第二ビル宛で、社名のない郵便物が届いたね」

「あれでしたら、すぐ判りました」

「なんという会社だった?」

今年入社していきなり専務の机に坐った今井外右衛門は、昔の菊池さんを知らない。秀夫は解雇された菊池さんの説明をするまでもないと思い、

「文化出版社です」

と、思いついた社名を言った。文化出版社はとうに事務所からいなくなっていたが、強い印象を残していた会社だった。

外右衛門はふうんという顔をしたきりだった。

茶を入れた薬缶《やかん》を持って第二ビルに戻り、弁当をひろげている人たちに茶を出して秀夫も昼食にした。

食事が終ったとき金融部原簿課の豊村さんが事務所に入って来た。

「ちょっと、気になることがあるの」

真面目な顔だったが、ソファをすすめ、茶を入れると、あら、すまないわねと言い、はじめてにっこりした。

被髪《ひさしがみ》で目のぱっちりした聡明な顔立ちだった。容姿がすっきりしていて好ましいが、ただ、化粧のちょっと濃いのが惜しい、と秀夫はいつも思う。

「新庄さん、あなたさっき文化出版社という会社の名を言ったでしょう」

「ええ、言いました」

「専務、古谷さんと共同事務所の名簿を調べていたわ」

「……文化出版社はここの事務所にいました」

「でも、それはずいぶん前のことね」

「二年ぐらい前かな」

「専務はとうにいなくなってしまった会社の郵便物を新庄さんが受け取っているのは、おかしい、と言っていたわ」

「…………」

「もしかして、あなたが会社に内証で、文化出版社と連絡していて、お金をもらっているんじゃないかって」

「ひどい。それは濡れ衣ですよ」

「わたしもあなたがそんなことをする人じゃないと思うから話に来たのよ」

「……実はあれ、菊池さんに来た手紙なんです」

「菊池さんて、誰なの。文化出版社の人じゃないんでしょう」

秀夫は菊池さんはもと共同事務所の管理をしていたが二年前に解雇された人ですと言って、外右衛門にそういう事情を話すのが面倒だったので文化出版社の名を出したのだと説明した。豊村さんは納得して、

「専務は来た郵便物全部に目を通すようになったのよ。これから気を付けた方がいいわ」

と、言った。結局、専務は暇を持て余しているのだ。

「菊池さんのことは古谷さんがよく知っています」

「それならいいけど。あなたは菊池さんに好意的なのね」

「ええ。ぼくをこの会社に採用してくれた恩人ですから。菊池さんは電話のかけ方から、学校へ行く都電の乗り方まで教えてくれたんです」

「その人、どうして解雇されたのかしら」

「精《くわ》しいことは判りませんけど、会社のお金を使い込んだらしいんです」

「それから、もう一つ訊きたいんですけど、文化出版社という会社の社長、牧《まき》さんという人じゃないかしら」

豊村さんはほんとうはそれが訊きたかったようだ。

「そうです。牧省平《しょうへい》さんです」

「やはりね」

「その人、お知り合いなんですか」

「ええ。わたしがこの会社に来る前に勤めていた出版社。ふしぎなめぐり合わせだわ」

「世の中、広いようで狭いですよ。この事務所に来る絵描きさんは、僕の学校の担任の先生の友達なんです」

文化出版社の牧さんは、事務所に来たとき本を詰めたいくつものみかん箱を持ち込んで、同室の人たちに名刺代わりと言って一冊ずつ配っていた。

「文化出版社は『雲は天才である』を出しましたね。ぼく、読みました」

「それ、発禁本よ。あなた、未成年だったんでしょう」

「ええ。高校二年でした」

「未成年者に発禁本を渡すなんて、牧さんらしいわ」

「面白い人でしたね。でも、その本は描写が即物的だったというだけで、少しもいやらしくなかった。ほんとうはもっと期待して読みはじめたんですが」

豊村さんは笑って、

「そう、それを目的にして出した本じゃないから。それにしても、警察が変に解釈して、未成年のあなたが正しく読んでいたのは皮肉ね」

敗戦後、若者が次次と大事件を起していた。

昭和二十四年、東大生・山崎晃嗣《やまざきあきつぐ》は光クラブというヤミ金融会社を銀座に開業して、一時は飛ぶ鳥を落とす勢いだったが、たちまち信用が落ち、何千万という債権取立てを食って自殺してしまった。

その翌年の四月、早船恵吉《はやふねけいきち》という鉱工品貿易公団の職員が、公金一億円を横領する事件が起った。

また、九月には山際啓之《やまぎわひろゆき》という十九歳の青年が、白昼、日大職員の給料百九十一万円余りを、運送中のダットサンから強奪した。山際は潜伏先で愛人と一緒にいるところを逮捕されたのだが、刑事に踏み込まれると、二世になりすましていて「オオ、ミステーク」と、連呼した。

一連の事件で、若者へのアプレゲールという呼び方が一気に広まった。

『雲は天才である』は光クラブの山崎晃嗣が書き残していた日記を牧さんが編集した本だった。だが、この本には数箇所にわたって、赤裸裸な性描写があるというので、出版するとたちまち発禁になってしまった。

文化出版社の牧さんは、いつも口をへの字に曲げていて取っつきにくそうな男だったが、話してみるとユーモアがありなかなか魅力があった。豊村さんの言うとおり、牧さんはただエロを売物にこの本を出したわけではなさそうだった。山崎の日記に感ずるところがあって、ほとんど手を加えず、世間に示したかったのだ。付け加えると、牧さんも山崎と同じ東大出身であった。

「文化出版社は小さな会社だったけれど、洋裁の本などを出して地道に営業していました」

と、豊村さんは言った。

「それなのに牧さんが『雲は天才である』を出版して——牧さんがこの本を出したかった気持は判ります。山崎と同じ歳の人なら戦時中、戦死した人もいたでしょう。アプレゲールを本気で考えていたのよ。でも、本が発禁になって、会社はだめになってしまった」

「それで、牧さん独りでこの事務所に移って来たんですね」

「牧さんはここにどのくらいいたの」

「はっきりとは判りませんが、二、三か月かな。すぐ、顔を出さなくなりました」

「……たった、二、三か月で?」

「ええ。でも、驚くようなことでもないんです。この事務所にはそういう会社が多いから」

「確か、求人詐欺をした富士映画というのもこの事務所だったわね」

「ええ。この上の三階でした」

「そのときなんでもなかった?」

「いいえ。またか、と思ってがっかりしました」

「前にもそんなことがあったわけね」

「ええ。とくに光クラブのころは多かったです。一番長ゴム、東京パンニュース社……」

秀夫は全部を言わなかった。豊村さんの顔に不快が現れたような気がしたからだ。誰もが豊村さんは勤勉で真面目だという。面白そうに悪を話すのはよくない。

「ずいぶん早くから社会の裏を見てしまったのね」

秀夫は「べけんやですな」という言葉が喉まで出かかった。同級生の菅千鶴子なら「落語の聴きすぎよ」と、言うだろう。

豊村さんは机の上に置いてある本に目を留めた。

「面白そうな本を読んでいるのね」

香山滋の『海鰻荘奇談』だった。

「これ挿絵の人が置いていったんです」

秀夫は言訳のように言った。挿絵家集団の机の上にはいろいろな雑誌が置いてある。全部出版社が集団へ寄贈した本だった。『デカメロン』『妖奇』『黒猫』といったカストリ雑誌。探偵小説では『寶石』の新人、高木彬光の『刺青殺人事件』や島久平の『硝子の家』などは傑作だと思っているが、豊村さんを前にすると、いつもとは勝手が違う。

「豊村さんはどういうものを読むんですか」

「露伴ね。それから鏡花も」

「あ、それならばぼくも大好きです」

「探偵小説ばかりじゃないのね」

「ええ。文章がすばらしいから。少し前、古本屋で露伴の『幻談』という本を見つけました」

「あら、それはまだ読んでいないわ」

「今度、持って来ます」

豊村さんが帰っていくと、福長さんが、

「ずいぶん話が合っていたね」

と冷やかすように言った。

「彼女、ずいぶん年上ですよ」

「でも、五つと違わないだろう」

秀夫は豊村さんの年齢を知っていた。来年厄年のはずだが、福長さんには言わなかった。

それから三十分ほどして菊池さんが事務所に来た。グレイのスーツに紺のネクタイを締めている。少し痩せたのかなと思う。

「しばらく。大人らしくなったね」

にこっと笑う顔はもとのままだった。菊池さんは坊主刈りの秀夫しか見ていなかった。

菊池さんは部屋を見廻したが顔見知りはいなかった。秀夫は、これまで届いた三通の郵便物を渡した。中の一通は女性の名前だった。菊池さんはその三通をざっと見て内ポケットに入れ、かわりにメモを取り出した。

「今度、ここに移ったんだ。今度は面倒でもこの住所に転送してくれないか」

メモには中野の住所が書かれていた。

「今、ちょっと見たけど、女の子がずいぶん多くなったね」

「ええ、ほとんど殖産部です」

「じゃ、君がここじゃ一番古株だ」

「古谷さんがいます。今、総務部長です。呼んできましょうか」

「いや、今日はそうしちゃいられない。またの日にしよう」

菊池さんは窓の外に目をやって、

「入口の看板を見たけど、あのころの会社はほとんどいなくなったね」

「ええ。秋沢特許事務所の秋沢さんと、大洋漁網の筒井さんぐらいです」

その二人も事務所に来ていなかった。

「中島カンパニーは？」

「中島さんだけは調子がよく、広い事務所に越して行きました」

「そうかい……新庄君はまだ学校かい」

「ええ、来年、卒業します」

「給料、上がったかい」

「いえ、あまり」

「久し振りに神保町を通ったら、パチンコ屋、増えたね」

菊池さんがよく行っていたキャバレーも最近パチンコ屋に変わっていた。

学校の一時間目は英語で、小川先生はなにを思ったのか大学入試の話をはじめた。

この学校で今年、東大受験に合格したものはたったの十名である。同じ都立高校でも、日比谷高校は八十名もが成功している。それに較べ、この惨澹たる合格率はどうしたことか。

もっとも、中には某大学に三十五万円も出して落ちた者がいる。今年の裏口入学の相場は百万円だということだから、それで落ちても仕方がないが、今は実に合格者の八割が裏口入学なのである。

丸一時間、そうした話で終ってしまった。

隣にいる奥田は、はじめのうち小川先生を睨みつけていたのだが、すぐばかばかしくなったようで、数学のノートを拡げ、一度も顔を上げなかった。

最初の休みは十五分。割に長い時間をとってあるのは、その間、地下の食堂でパンやうどんを食べる者がいるからだ。中にはこの時間を短縮して下校を早くすれば、一時間早い車輌に乗って、一時間も早く帰宅できる生徒もいる。夜の時間は五分、十分が実に貴重なのだ。

もっとも秀夫や大月たち演劇部員は、これからが生き甲斐である。秋の文化祭に『白狐の湯』を上演してから、もう卒業を待つだけなのだが、相変らず部室に集まって勝手なことを喋り合っている。

放課後、大月に誘われて〈タイワ〉へ行った。神田日活横の喫茶店で、大月の好きなウェイトレスがいた。

大勢いるウェイトレスの中でも、一番地味な服装で、薄化粧で、もの静かで、そして一番美人だった。この日も大月は遠くから彼女を眺めていたが、やおら立ち上がってレコードのリクエストを頼んだ。見ていると、それだけである。なにか世間ばなしの一つもすればいいとじれったかったが、秀夫がその立場だとすると、やはりその度胸はない。

# 七

「大和機器の事務所は、ここですね」

三十半ばぐらい。白粉《おしろい》っ気がなく髪にも艶がなかった。古びた薄茶のコートを寒そうに着ている。どこかで聞いた社名だったが、すぐには思いだせない。秀夫は、

「大和機器ですね」

と、念を押した。

「ええ、最近この事務所に越して来た、と思うんですが」

よく聞くと綺麗な声だった。だが、新しい入居者は少なくない。

「その会社の社長さんか、代表者の方の名は？」

「田原五郎です」

それで判った。事務所を下見に来て、契約もせず机を運び込んだ男である。

「その方なら、一度だけいらっしゃいました」

「実は、わたし、大和機器の社員なんです」

自分から社員ですと言った人はほっとしたように言ったが、安心させるわけにはいかなかった。

「田原さんには困っています。一度、下見に来ただけなのに机を運び込まれたんです。使用契約をしたわけではないし、もちろん管理費もいただいておりません」

「……そうでしたか。知りませんでした」

社員は落ち着かなくなり、電話機に目を留めた。

「電話お借りしたいんですが」

「はい、どうぞ」

社員はダイヤルを廻した。新宿の局番だった。だが、いくら待っても相手は出ない。女性は諦めて受話器を戻した。

「田原とここで落ち合うことになっているんです。待たせていただけませんか」

秀夫は大和機器が運び込んだ机を教え、そこでお待ちなさい、と言った。

秀夫がいつものとおり、電話の応対をしたり本を読んだりしているうち昼になった。

大和機器の社員は、ただじっと椅子に腰をおろしている。秀夫は茶を出したが、弁当を持っていないようだった。

しばらくして、見知らぬ中年の男が部屋に入って来た。男はすぐ隅の椅子にいる大和機器の社員を見てそばに寄った。社員はびっくりしたように立ち上がった。

「やあ、やはりここだったんだ」

社員は迷惑そうな顔をしたが、男は構わずに大きな声を出した。

「今、入舟町に行って来たんだ。裳抜けの殻だったぜ。ひどいじゃないか。わたしに一言も言わずに事務所を引き払ってしまうなんて」

社員はしきりに小声でなにか言った。

「親父さんはいったいどこにいるんだ」

「判りません。連絡がつかないんで、わたしも困っているんです」

「無責任だなあ。あんたのところとは長年の取引だ。こんなやりかたをされちゃ――」

社員は男の袖を引くようにして、部屋の外に連れ出した。ドアの外でも男は盛んにまくし立てている。社員の方はただおろおろ頭を下げるばかりだ。

そのうち、男がいなくなると、社員は部屋に戻って来て、バッグからメモを取り出し、

なにか書いていたが秀夫のそばに来て、

「お邪魔しました。わたし、帰りますけど、田原が来ましたら、これを渡して下さい」

と、二つ折りにしたメモを渡した。

社員がいなくなってからメモを開くと、

――二時まで待っていましたが、車ラクがないので帰ります。重要な話がありますので、明日昼過ぎに来ます　三沢――と、書いてあった。車ラクというのは連絡のことだろう。

田原が来たのは夕方近くだった。

「今、事務所の契約をしてきました」

と、田原は気の弱そうな声で言った。

「運送屋の手違いで、机が早く届いてしまって、ご迷惑をかけました」

秀夫が預かっていた社員からのメモを渡すと、田原は一読してすぐポケットに入れた。

「机の場所、ここでいいのですね」

田原はすぐ自分のデスクを見つけ、持っていた鞄の中から書類を取り出して、引出しの中に移した。鞄の中には灰皿も入っていた。田原は灰皿をデスクの上に置き、ほっとしたように煙草を取り出した。

日本経済研究会の社長の吉岡さんはこれから名古屋へ出張する、と言い、景気付けに一杯やって、東光社の東野さんと将棋を指している。

吉岡さんは七十前後、大柄で赤ら顔、べっ甲縁眼鏡をかけた元気のいい人で、四十ぐらいの女性社員が一人だけいる。

吉岡さんの仕事はいろいろな会社の社長のところに行って取材し、名鑑を作ってその本を取材した社長に売りに行く、というもので、有名会社の社長でも、友達のように呼捨てに言う。将棋は初段だそうで、若い人たちを相手に両落ちで指すが、あまり負けたことがない。ただし、両対局者は五百円紙幣を将棋盤の横に置かなければならない。もちろん、勝者がそれを持っていく。持っていくのはいつも吉岡さんで、これを授業料と呼んでいる。だが、その日は別で、退屈した吉岡さんが東野さんを誘ったので紙幣は置かれていなかった。

二人を見ていた福長商事の福長さんは、指がむずむずしたようで、秀夫に勝負を持ちかけてきた。この日、どういうわけか調子が悪く、はじめは手加減しなくても負け、二番目にはどうにか勝った。二人の対局を横目で見ていた吉岡さんは、

「あんちゃん、今度はわたしが教えてやろうか」

と、秀夫に言った。

夕方、事務所を締めて第一ビルに鍵を置きに行くと古谷さんが訊いた。

「大和機器、事務所に行ったかね」

「ええ、契約して来た、と言っていました」

「あの会社、どうかね？」

「多分、だめでしょう。すぐ、来なくなると思います」

「契約しないうち、机を運んだからなあ」

「それに、田原さんが来る前に、取引している人が来て、怒っていました」

「……なんだい、そりゃ」

「その人に黙って、前の事務所を引き払ったらしいんです」

「夜逃げをした、ということか」

「ええ」

「引っ越してくる前に、借金取りの方が来たわけだ」

「そういうのははじめてですけど、引っ越してきて間もなく、借金取りが来るのはそう珍しくありません。そういう会社は、まず長続きしません」

「そうだろうな」

そのとき、受付の方で困ったような声がした。カウンターの向こうに一人の外国人がいて、浦木嬢になにかまくし立てている。秀夫の耳に中島ハウジングカンパニーという言葉が入って来た。

まだ社員が少なかったころ、会社は第一ビルの一部をほかの会社に貸していた。中島カンパニーはそのころの入居者で、外国人相手の住宅の斡旋をしていた。

秀夫が受付に行くと、浦木嬢は、

「新庄さん、英語できる?」

と、助けを求めた。

英語はできないが、相手が中島さんの会社に来たらしいので、応対の仕方がある。

「ハロー、グッドアフターヌーン」

カウンターを廻って、外人のそばに行き、中島さんがそうしていたように握手をした。

相手はしきりに喋りかけるが、

「プリーズ、ウェイト、ア、ミニッツ」

一方的に言って、浦木嬢から電話名簿を受け取った。中島さんの引越し先の電話番号はすぐに判った。前に管理をしていた菊池さんの手蹟《しゅせき》だった。

ダイヤルを廻すと、中島カンパニーの社員、ロバートさんが出た。

「千代田ビルの新庄です。今、中島さんのお客さんが来ているんです」

「そうかい。よく知らせてくれた。かわってくれないか」

秀夫は受話器を外人に渡した。

外人はしばらくロバートさんと話していたが、話が済んだようで、受話器を秀夫に渡した。

「新庄君、今、社を出られるかい」

「これから、学校へ行くところです」

「学校は九段だったね」

「ええ」

「じゃ、少し廻り道になるけれど、その人をタクシーで送ってくれないか」

「はい、すぐ行きます」

「ばくは社の外に出て待っている。済まないね」

秀夫は外人に、

「アイ、ウィル、ガイド、ユー」

と、言った。英語の時間は、文化論など講義されているのに、とっさにはこのぐらいしか言えない。学校の勉強はなんだったのだろうか、と思う。秀夫は浦木嬢に、

「この人を中島さんのところに送って行き、もう戻りません」

と言って、鞄を持って外人と外へ出た。

タクシーの中でも、外人はいろいろ話しかけて来たが、秀夫はただ、にこにこしてイエス、イエスと相槌を打った。

中島さんが越した御茶ノ水のビルまで十分とかからなかった。

電話で話したとおり、ロバートさんはビルの外で待っていた。ロバートさんの英語は社長の中島さんより達者だが、日本人だ。本名は判らない。ある外人に気に入られて、ロサンゼルスに留学する約束ができている。秀夫たちが車から出ると、ロバートさんはタクシーを待たせて、

「ありがとう。この人、今の広告を見たんじゃなくて、友達に聞いて千代田ビルに行ったんだそうだ」

「たまたま、ぼくがいてよかった」

「そうか。きみはいつもは第二ビルにいるんだ」

「じゃ、これからは受付によく言っておきます。ぼくがいなくても通じるように」

「これからも、頼むよ」

ロバートさんは封筒を秀夫に渡し、タクシーの運転手にこれから九段に行くように言った。

タクシーで学校の正面に着き、車から降りると、たまたま見ていた隣の席の奥田が言った。

「タクシーで登校かい。豪勢な夜学生がいるもんだ」

十二月の第一日曜日、久し振りに明治座に出かけた。歌舞伎は三月の歌舞伎座以来だった。

その年のはじめから、新宿の日活名画座の「ジュリアン・デュヴィヴィエ全集」がはじまり、続けて「レオニード・モギー全集」「ルネ・クレール全集」「ルイ・ジューヴェおもかげ集」など、魅力的な企画が目白押しで、秀夫と大月は名画座通いに忙しかったからである。

名画座では以前から、漫然と映画を上映するのではなく「名画座コレクション」として、監督、俳優などの特集を組んでいたが、デュヴィヴィエ全集、全十五本に至って、すっかり心を奪われてしまった。秀夫たちは飯島正著『フランス映画史』を片手に、名画座にせっせと通い、その余勢で、池袋人生坐、新宿地球座、東劇名画座、神田シネマパレス、エビス本庄、鍋屋《なべや》横町ロマンスなどの名画座を駆け巡り、映画の中毒状態に陥っていた。この年、ほぼ百本の映画をこなしたので、歌舞伎が疎かになっていたのである。

明治座は『仮名手本忠臣蔵』の通し。初日の慣例で、昼の料金で昼夜を観ることができる。行く途中でコッペパンを買い、四階の背もたれも肘掛もない固いベンチで、パンをかじりながら朝から夜まで頑張るのである。

その日、大月とともに成瀬も一緒だった。成瀬は映画では師匠格だったが、歌舞伎は観たことがないといい、誘うと明治座に来た。

一時間も前から四階の切符売場の前は長い列ができている。しばらく待って発売になるが、階下の切符売場から四階まで、一本道の階段である。この道中は弱肉強食、悪いとは思いながら、お年寄りたちをどんどん追い越し、四階になだれ込むころにはトップの集団に加わる。座席には限りがあって、うっかりすると立ったまま一日中過ごさなければならない。劇場はまず四階席が満員になった。見下ろすと一階席は一人も客がいない。

舞台は幕が開いていて、まだ大道具係が大勢で装置を作っていた。舞台一杯に拡げられた大道具と金槌の音が壮観である。

「やっているな」

三人が思わず笑顔になった。演劇部の公演を思い出したからだ。

学校の講堂には幕がなかった。敗戦直後、舞台をはじめ窓の黒幕のすべてが盗難に遭って以来、まる裸の講堂になったままだ。公演のときは暗い中で、大道具を組み立てなければならない。昼間の演劇部は公演のたび、近くの学校から幕を借りていたが、夜学は予算が足りず、借りることもできない。どんなに幕がほしかったか判らない。

そのうち、幕が降り全階の席が埋まると定式幕になり、いよいよ開幕である。

忠臣蔵は大序から人のこころをつかんでしまう。登場人物たちは、赤、黒、水色、黄、紫、梨地の大胆な原色の束帯で、さてこの色をどう料理するか見ていなさいというように並べる。はじめは微動だにしなかった一人一人に生命が吹き込まれ、色彩は魚のようにうごきはじめる。

荘重な場の次には、ごくくだけた軽い一幕がある。息苦しい判官切腹から一転して華やかなお軽、勘平の道行、浄瑠璃も義太夫から清元へ。五段目、背景の黒幕と定九郎の白い顔が、ふしぎに観客の色彩感を刺激する山崎街道のあとは、美しい一力茶屋で非劇がくり拡げられる。

作者、俳優、大道具、音曲が一体となり、最高の芝居を創り出してしまった姿に圧倒された。そこには演出などという猪口才《ちょこざい》なものの入る余地がない。

はじめて歌舞伎を観た、口うるさい成瀬も感動して、終演後は喫茶店に入り、長いこと話し込んだ。

次の日曜日は神田須田町の立花演芸場の昼席、落語研究会である。この日も、秀夫、大月、成瀬の三人連れだった。

ちょうど、電産ストで停電の最中である。場内は赤い提灯が並び、高座の左右には蝋燭が燭台に立てられていた。

この古風な明りが、古い噺によく似合って大満足である。とりわけて、地味な芸風の三笑亭可楽の「石返し」が蝋燭の光に栄えるのは面白かった。

古今亭志ん生の「山岡角兵衛」は地噺で、講釈調の見事さに瞠目した。名調子でたたみこんだあとの妙なくすぐりが、おかしさを倍増させている。

出演者は七人。良くも悪くもたっぷりと噺を聞かせてくれる。林家正蔵の「文七元結」はたっぷりすぎて疲れたほどだ。

終演後、喫茶店に入る。浮世絵を展示した店で、主に広重の後期の作品が多い。

例によって聴いて来たばかりの噺について喋り続けたが、店を出る少し前、大月が聞き捨てにできないことを言った。

「おれ、今度、会社の寮を出ることにした」

「寮を出る？　じゃ、会社は？」

「だから、会社も辞めてしまう」

大月の会社は九段坂上にある土木建築会社で、学校へは歩いて五分、羨ましくなるような場所だ。その上、

「おれは会社にいても、なにもすることがない。もとから居づらかったんだ」

と、言う。

大月の会社での仕事は使い走り。それも、一日中外を飛び回っているわけではない。使いのないときは小説を読もうが勉強をしようが自由で、仕事がないと一日中本と首っ引きのときがある。寮も秀夫の家のようなバラックではない。もったいないような勤めなのだが、それが心苦しくなったのだ、と言う。会社勤めというのは難しいものだと思う。

一度、心に決めると遮二無二押し通さなければいられない質《たち》で、秀夫が忠告しても無駄

だった。暮れの二十八日、大月は文京区駕籠町の寮を出ることになった。

落ち着く先は、豊島区大塚日の出町に間借りしている同級生の仁木のところだ。その家は戦災を免れた大きな材木屋で、母親と娘さんの二人暮しだという。

その日、秀夫は駕籠町の寮に行き、リヤカーに大月の家財道具を積み込んだ。家財といっても蒲団と本だけである。昨年の夏、海水浴の帰りに古本屋で見つけた「鏡花全集」と雑誌「映画評論」「喜劇悲劇」の揃いなどである。駕籠町から丸山町、氷川下町、大塚仲町から護国寺の坂を下り、豊島が岡墓地を右に曲ると大塚日の出町だった。

玄関に入ると二十七、八のお嬢さんが出て来て三つ指を突き、奥の座敷では母親が眼鏡をかけてきちんと正座して針仕事をしている、といった山の手の一家である。こういうところでは酒を飲んで騒ぐことができない、と秀夫は思った。

「勤め先はどうなった？」

引越しの片付けはすぐに済み、秀夫は大月に訊いた。

「まだだ。いろいろ当たっているんだが、正月を越さないとな」

「じゃ、昨年のように遊べないな」

「……昨年か。あの大晦日にはよく飲んだ。覚えているか」

「ああ。ウイスキーとぶどう酒をちゃんぽんにやったからなあ。正月の屠蘇の匂いもかげなかった」

「おれも雑煮がだめだった」

「じゃ、今年は大人しくして紅白でも聞いて過ごすか」

秀夫は家に電蓄のモーターがあるのを思い出した。日新電器製作所という会社が部屋代を溜めたまま来なくなったとき、その机の下に押し込まれていたモーターだった。福長さんが調べて、これは使いものになると言われて家に持って来たのだ。ターンテーブルは昔焼け跡から拾ってあった。

電気屋でコードを買ってきてつなげると、むき出しのモーターはうまく廻った。秀夫は弟を連れて駅前の古レコード屋に行き「巴里祭」を買うと、弟は柳家権太桜の「トンカツ」をねだった。ついでに電蓄のピックアップを買う。これは普通の蓄音機のピックアップを取り替えてラジオに接続すると、ラジオが電蓄になるのである。

一日中家で過ごすのは久し振りである。いつも帰りは遅く、日曜日はいつもより早く家を飛び出し、劇場や映画館に飛び込み、家でじっとしているときがない。

その年、生まれてはじめて会社から暮れのボーナスをもらった。これまで、給料の遅配、分割払いはしょっちゅうだった。そのボーナスも多くの社員は雀の涙だと言ってぼやいていたが、秀夫の場合、勤続年月が長かったので、一月分相当のボーナスがついた。たまには兄貴らしいところを見せなければならない。

妹二人を連れて暮れの街を歩き、本屋で小学生の妹には童話、下の妹には絵本を買い、そばを食べさせた。二人を見ていると、カメラが欲しくなるが、まだとても手が出せない。戦前、ベビーミノルタというカメラを持っていた。買ってもらってしばらくすると、フィルムが手に入らなくなってしまった。それで集団疎開のとき、家に残しておいたので、空襲に遭い、家と一緒にカメラも焼けてしまった。今思うとカメラだけでも疎開に持っていけばよかったと思う。

本屋には創刊して間もない『平凡』『明星』『週間サンケイ』といった週刊誌の新年号が出揃って、それぞれに綺麗な表紙で飾られていた。年年、本屋の棚がふえていく。若い女の間ではアコーディオンプリーツスカートが流行して、町も明るくなっている。

# 八

その年の暮れ、専務の今井外右衛門が、まばらな口髭をもぞもぞさせて、

「新庄君、部署を替わってもらう。今度から金融部の融資償還原簿の係です」

と、秀夫に言い渡した。来るものがとうとう来たか、という感じだった。

一昨年の暮れ、千代田殖産建設の本社が九段に移ってから、社員の急増とともにたびた

び人事異動があったが、第二千代田ビルの共同事務所の受付にいる秀夫はいつも安泰であった。

外右衛門のそばにいる総務部で共同事務所の管理を受け持っている古谷さんが言った。

「君は第二ビルには長かったね」

「ええ。入社したときからですから、三年半になります」

「そんなになるかい。じゃ、飽き飽きしているだろう。部署替えは気分転換になる」

長く共同事務所にいたから、自然に入居者とも親しくなる。癒着とまではいかないが、入居者の便宜をはかってやることが多い。入居者が留守のときの電話や来訪者の応対に責任を持つのはもちろんだが、入居者の解約後も疎略にすることはできない。

また、以前、専務の今井外右衛門に疑われたように、秀夫の才覚一つで、会社には通さず、個人的に貸事務所を利用させて私腹を肥やすこともできなくはない。長く同じ部署にいるのは、会社として好ましいことではないのだ。

秀夫が第二ビルの受付に戻って、机の中の私物をまとめていると、第一興信所の会田さんが、

「君の代りに今度はどんな人が来るの?」

と、不安そうに訊いた。

「長佐《ちょうさ》さんという人です」

「それ、若い人?」

「いいえ、五十ぐらいかな」

白髪の坊主頭で、度の強い眼鏡をかけた長佐老は、実際にはもっと老けて見える、頑固そうな男だった。

「大丈夫かな。君みたいにうまくやってくれるかな」

第一興信所への電話はそう多くはないのだが、一件一件が大切なのだ。会田さんはその顧客とうまく連絡がつかなくなるのが不安なのだ。

「もし心配でしたら、直接ぼくの名を言ってください。ぼくは第一ビルの電話のそばにいます」

福長商事の福長さんが言った。

「新庄君、昇級なんだろう。よかったじゃないか」

「一応昇級ですけど、ここのほうが居心地はよさそうです」

共同事務所には秀夫の会社の社員は一人もいない。その気易さで、暇なときは将棋を指そうが、他の会社にいる友達と長電話をしようが、したい放題だった。今度からその自由がなくなってしまうかと思うと、すなおに昇級は喜べなかった。

加えて、そろそろ期末試験がはじまろうとしていた。そうと知っていたらもっとみっちり勉強しておけばよかったと思うが、すべてはあとの祭りであった。

部署が替わったのは秀夫だけではなかった。受付の電話係だった浦木嬢は会計に行き、鬼頭老の横に並んでいる。

新しい受付はそれまで電話の隅にいて雑用をしていたセーラー服の春本明美嬢だった。秀夫の席は明美嬢の右隣に当てられた。

秀夫が私物を持って来て引出しに収めていると、豊村さんが通りかかって、

「まあ、ずいぶん沢山な名刺ね」

と、びっくりした顔をした。名刺は二百枚以上ある。

「これは第二ビルに入居した会社の人からもらったものです」

豊村さんはふしぎそうだった。それにしては名刺が多すぎると思っているのだ。

「ほとんどの会社は入居すると、すぐ消えてしまうんです」

と、秀夫は説明した。

隣の明美嬢は、

「新庄さんが隣に来てくれてよかったわ」

と、言った。

「ぼくが佐田啓二に似ているから？」

「似てない」

明美嬢は笑って、

「新庄さん、電話のベテランだから」

明美嬢ははじめて責任のある係にされて、多少不安だったのだ。

秀夫の右隣は文学年増の伊達菊代女史で、その向こうは豊村雅子さん。二人とも金融部原簿課だった。秀夫は二人にこれからよろしく、と言った。

「今、会社の同人雑誌を作ろうという話があるのよ」

と、伊達女史が言った。

「あなたはこの会社で一番古くて信用があるから、発起人の一人になってくれない？」

「……名前だけでしたら」

「名前だけじゃだめ。原稿も書かなくては。あなた、よく本を読むでしょう」

「でも、ろくな本は読んでいません」

「最近、どんな本を読んだ？」

「『末摘花《すえつむはな》』とか」

「……『源氏』ね」

伊達女史の隣で豊村さんがくすりと笑ったような気がした。

「そのほかは？」

「『りべらる』『猟奇《りょうき》』『寶石《ほうせき》』なんか」

「それ、買って読むの？」

「いいえ。貸事務所の人たちが置いていくんです。事務所には出版社や挿絵の人たちがいますから」

電話が鳴った。秀夫は反射的に手を伸ばそうとしたが、明美嬢の方が早かった。

――そうだ。電話から解放されたんだ。

そう思うとさばさばした気持になった。部署替えは悪いことばかりではない。第一ビルには石炭ストーブがあって暖かい。第二ビルの入居者は寒くなると火鉢を持ち込んで炭火を起すので、一日中いると頭が痛くなり、ときどき外の空気を吸わなければならなかった。私物を移しても、そのまま机に向かってはいられない。後任者に仕事の引継ぎをしなければならなかった。

長佐老を第二ビルに連れて行き、受付に坐らせて、秀夫はその横にいて、電話の交換を教えるのだ。だが、この長佐老、年寄りなのだから仕方がないと思うのだが、その覚えの悪いことおびただしい。何度電話がかかって来ても、取扱いを覚えない。三十余りの事務所の会社名を覚えるのはいつのことか判らない。秀夫はその日、丸一日中、長佐老のそばにつきっきりだった。

そばにいると、性格がはっきりしてくる。長佐老は、事務所の使用者との契約書に記されている「事務所が不在のときは、受付の電話係が社員として応対し、要件を記帳する」という条項が不得手であった。適宜に使用者の社員のふりをすることができないのだ。長佐老は生真面目で、自尊心の強い人なのである。

夕刻近く、いつものように秋沢特許事務所の小池さんから電話がかかってきた。今日はどこからも電話がありませんでした、と言うと、小池さんは、

「うちの庭のツバキが咲いたわ」

と、言った。

お互いに顔は知らない。だが、一年以上の付合いで、連絡事項のほか、ちょっとした話をするようになっている。話題はいつも天候や暑さ寒さなどの他愛ないことだが、小池さんの声が響きのいいアルトで、なにか気が安らぐのだった。

秀夫は今度、部署が変わりますと言い、第二ビルのときと同じように、電話のそばにいるので、今までどおり名を言えばすぐに出ます、と付け加えた。

次の日もまだ長佐老を一人にしておけなかった。

「年寄りのお守りはたいへんだね」

と、古谷さんは言ったが、伊達女史は、

「わたしの隣より、第二ビルの方がいいんでしょう」

と、皮肉を言った。

電話がないと長佐老は帳簿と首っ引きだった。事務所の部屋代の集金もまかされているのだが、こっちの方ももどかしい。長佐老は福長商事の福長さんに向かって、

「あなた、だいぶ家賃がたまっているね。払ってもらわないと困るよ」

と、言った。福長さんは首を傾げて、

「そんなはずありませんよ。月末にはいつもきちんと納めています」

「いや、入っていない。帳簿を見れば判る」

「……ぼくの会社の名、知っているんですか」

「中央出版社でしょう」

「冗談じゃない。ぼくのところは福長商事。よく覚えておいてよ」

福長商事をなぜ中央出版社と勘違いしたのか判らないが、小さな会社にかぎって社名の頭に、日本、富士、大和、中央などという大きな名をつけたがる。また、本屋街の神保町に近いため出版業や業界新聞社の多いのもこのビルの特徴だ。従って、似たような社名は多く、出入りも激しいから、長佐老が全ての会社を把握するのはいつのことか判らない。

翌日の昼すぎ、貸付係の三井さんが、秀夫に仕事を教えてくれた。

一つは融資者一人一人の償還台帳を作ることで、これは半分寝ていてもできる仕事だった。

もう一つは延滞利息の計算で、計算は単純なのだが、金利が細かくてかなり手間のかかる仕事だった。

たとえば、融資が一万円だとすると、融資者はその翌日から元金と利息をふくめた一回百二十円ずつを支払い、百日で返済が完了する。もし、一回でも支払いが遅れたときは延滞利息が加算される。これが、日歩四十銭。

そのために、融資者一人一人の延滞利息計算表を作り、毎日の延滞利息を書き込んでいかなければならない。融資者は何百人といるから、この帳簿を作るのはたいへんな手間になる。

秀夫はたちまちその仕事に忙殺され、学校の期末試験も散散な目に遭ったが、しばらくすると利息計算の要領が判った。

融資者には二つのタイプがあったのである。一つは、営業所の外交員に、毎日きちんきちんと返済をする。もちろん、この人に延滞利息は関係ない。

問題は支払いの滞る人だが、この人たちははじめから支払いをしないのだった。一回一回支払いながら、都合の悪い日は支払いを延ばしてもらう。次からは支払い、ときどき中絶するという、雨垂れ式の支払い方は、延滞利息がややこしくなるのだが、そういう例はごくわずかなのである。

支払いの滞る人は、日済《ひな》しの翌日からもう支払わない。とすれば、計算はずいぶん楽になる。これには中学校のとき数学で習った順列組合せが応用できることに気付いたからだった。秀夫はこのときほど数学の授業に感謝したことはなかった。その定理によればこつこつと帳簿をつける必要はない。一発で答えが出る。

秀夫は償還台帳を作り、延滞利息の計算をしているうち、融資者の返済率がひどく悪いことに気付いた。

いつか福長商事の福長さんが言っていたとおりである。

――朝鮮動乱の好況で小金を持った人たちがインフレに脅え、銀行より高利な町の金融業者を頼りにするようになっている。だが、金融業者のような高利は、株か競馬で大儲けしないかぎり、経済の常識では払えるはずがない。一時の好況も頭打ちで、金融業者の貸し出している金は焦げついて回収できない。新庄君の会社も、かなり危ないよ――

会社の帳簿を見ていると、それがよく判るのである。

各営業所の集金外交員のほか、本社には不良債権者専門の取立て係がいる。樋口さんはもと、警察の刑事だったという有能な社員だった。

「新庄君、日歩四十銭は酷だから、日歩三十銭で計算してくれ」

というような、規約を無視するようなことを平気で言う。秀夫が計算書を作って樋口さんに渡すと、

「うーん、それでもずいぶん多いね。全部取るのは可哀相だから、いくらか負けるか」

などと言う。それでも、焦げつきをそのままにしておくよりはいいという考えだ。樋口さんの成績がいいのは、長佐老などと違い、柔軟な仕事をするからだ。どうせ負けるのだから、秀夫は正確に延滞利息を計算しなくてもいいのである。

部署が替わって二、三日した日、秀夫の前に若い男が近寄って来た。カウンターの前に立った男は不機嫌な顔をしていた。

「おれが誰だか判るか」

「挿絵集団の一色さんでしょう」

と、秀夫が言った。一色氏がしかめっ面をしているのは珍しい。

「判ったら、一緒に来ておれを証明してくれ」

「……どうしたんですか」

「今、受付にいる爺さん、なんという人かね」

「長佐さんでしょう」

「その長佐、ぶっきら棒な男だね。おれは机を引取りに来たんだが、渡そうとしない」

挿絵家集団はグループを解散し、事務所も引き払うことになっていた。一色氏が事務所の机を取りに来たのだが、長佐老は一色氏の顔を知らないのだ。

秀夫は一色氏と一緒に第二ビルに行った。

長佐老は眼鏡越しに二人をじろりと見た。

「この人、中央挿絵家集団の人に間違いありません」

と、秀夫が言うと、長佐老は、

「君、責任を持つね」

と、念を押し、帳簿を開いて、

「集団が解散するとは書いてない」

「古谷さんに話してあります。古谷さんは承知しているはずです」

長佐老は、渋渋重い腰をあげた。

古谷さんに事情を聞いて帰って来た長佐老は、やっと机を引き取っていい、と言った。

秀夫が手伝い、机を窓から下ろして、一色氏ははじめて笑顔を見せた。

「きみ、いつから女子社員に囲まれてヤニ下がるようになったんだ」

「ヤニ下がってはいませんよ。今年になってからです」

「昇任したわけだ。努力すれば一歩ずつ上に向かう。おれもあと五年もしたら、家を建てるからな」

一色氏の目標はゴッホやピカソになることだった。

「最小限、百坪ぐらいの土地が欲しいな。そこに十畳敷ぐらいの、南向きのアトリエを作る。あの壁にはこんな絵をかける。本棚はここに置いたらとかね、『住いの手帖』なんか買って来て読んでいるんだよ」

一色氏は机をトラックの荷台に乗せ、助手席に入る前に秀夫に言った。

「また、生きているうちに会おう。もしおれが偉くなったら——いや、その前に君の方が偉くなっているかもしれないいな」

そして、車が発車した。

第二ビルの電話係から、会社の金融部に移って、電話の煩雑さから解放されたが、そのかわり自転車での使いが多くなった。もっとも、その帰りには第二ビルに寄り、福長さんと将棋を指したり、無駄話をしたりして息抜きができる。

三時すぎ、秀夫はいつものように会計で金を受け取った。

いつの間にか殖産部の支店営業所は三十を越えていた。毎日、各営業所の社員が、会社の会計に融資者の償還金を届けに来る。三時にその日の入金をまとめ、銀行に届ける。それが、秀夫の役になっていた。

入社当時から銀行の使いはしょっちゅうのことで、はじめのうちは大金を持たされるとずいぶん緊張したものだが、すぐに馴れてただの紙の束としか感じなくなった。

償還金は日払い百円のものもあり、本社から受け取るような帯付きの千円札はない。当然、かなり嵩張《かさば》るのだが、平気で新聞紙に包んでいた。見兼ねた会計の浦木嬢が、どこからか風呂敷を手に入れて持って来てくれた。

会社は近くにいくつもの銀行と取引があったが、償還金の入金は東京駅八重洲口の東京都民銀行に限られていた。普通の銀行の窓口が閉まるのは三時だが、ここは五時まで開いているからだ。

入金の額は日に日に大きくなっていくので、往復には自転車でなく都電をつかう。帰りには気ままに銀ブラができる。

都電は錦町河岸から、国鉄のガードをくぐって新常盤橋、呉服橋、東京駅八重洲口まで一本の路線だ。電車に乗っていると、外堀通りの両側には、次次と新しいビルが落成し、新しい工事も雨後の筍といった感じで進められているのが見える。福長さんが言うように、すでに不況がはじまっているとは、とても思えない。一月には空前の株式ブームで立会停止になった。

どうもこの社会の仕組みというものが、あまりよく判らない。別に判りたいとは思わないのだが、実際に町中を歩いていると敗戦後、焼け跡からの復興は着実に進んでいるように見える。

秀夫が入社したころ、数奇屋橋の都電の停留所に立つと、あたり一面、焼け野原であった。歌舞伎座もまだ焼け落ちたままで、晴海通りの先には焼け残った東京劇場が見とおせた。外堀通りの先に残っている建物といえば電通のビルがあるくらいだった。

秀夫が着ていたのも軍服系統のカーキ色の菜っ葉服だったが、今はどうにか学生らしい黒の詰襟を着ていられる。女のモンペ姿は消えて、今年はナイロンストッキングとアコーディオンプリーツスカートが流行している。

どこへ行くにも弁当を持って歩かなければならなかったのが、今年のはじめからパン屋やそば屋が店を開くようになった。それも、最初は外食券を持っていなければ店に入れなかった。今では外食券代を上乗せすれば、いちいち外食券を持ち歩く煩わしさもない。

映画は二本立てが珍しくなくなり、一昨年ははじめてのカラー長編映画『カルメン故郷に帰る』が封切られた。戦時中から絶えていた夕刊も発行されるようになった。NHKテレビの試験放送もはじまっていて、今年中には一般にテレビを放映するという。

もっとも、それと同時にインフレもとどまることを知らない。現にそばのもり、かけ十五円が今年に入ってから十七円に跳ね上がった。福長さんが言うように、小金を持ってしまった人たちには穏やかでない時代にさしかかっているのだろう。だが、貯金のない秀夫には日毎に暮しが快適になればほかの不安は全くなかった。

八重洲通りの向こうに、ブリヂストンビルが傾いた西日をぎらぎらと照り返している。傍若無人で品のないビルだと思う。ビルの設計者は、西日を計算に入れなかったのだろうか。もっとも、西日が当たっていなくとも、あまり好ましいビルではなかった。

だいたい、新築で鑑賞にたえるビルというのは数が少ない。

新丸ビルは風格の上で旧丸ビルに劣り、鉄鋼ビルは黒黒として横に広く、軍艦ビルと悪口を言われている。日活ビルは工法が変わっていて、はじめ地上にビル全体を建て、しかるのち地下を掘ってビルを沈めていくという。珍しいのでときどき見物に行っていたが、出来上がったビルは変哲のない白い建物であった。

及第点をやっていいと思うのは平和相互銀行のビルぐらいだった。このビルはそう大きくないのだが、ガラス張りの外装が建物の藤色とよく調和して爽快だった。

総じて戦前のビルの方が味わいがある。東劇はビルでも外装内装ともに古典芸能を違和感なく受け入れるし、丸の内の千代田銀行のギリシア風の建物もいい。丸の内といえば、三菱地所の赤煉瓦の建物が続くあたりは、とくに秋の季節、銀杏の紅葉との調和が素晴らしかった。

銀行はブリヂストンビルの裏側だった。ここは窓口が遅くまで開いているのはいいが、入金に待たされるのが玉に瑕である。

# 九

正月、算《かぞ》えで二十歳になった。

成人を迎えたのだが、会社勤めをはじめて三年間が過ぎている。改めて成人になったという意識はなく、心境を新たにしようという気持もない。

もっとも、このままずるずると小さな会社のサラリーマンを続けたくはない。やり甲斐のある仕事につきたいと思うのだが、それがどういうものかよく判らない。志は高いのだが行動がともなわない。

だが、母親は息子の成人を喜んでいるようだった。口には出さないが、大晦日になると秀夫に背広を買うと言い、上野松坂屋に連れて行った。前日、特売の服を見つけたというのだが、三千円のその背広は売り切れていた。その足で上野デパートに行き、月賦の服を見つくろってくれた。

その帰りに家の近くの洋品屋で、五百五十円のネクタイを買った。

さすがに悪い気はしない。背広は空色、ネクタイはエジプト文字のような柄だった。早速、新調の服を着、ネクタイを締めて近所をぶらついてみた。

元日、雑煮を祝うと、弟はすぐ家を飛び出してしまう。親父は親戚の年始に出かける。秀夫はラジオを聴いたり、二人の妹たちをからかったりしていたが、狭い家の中にいられなくなって、ぶらりと外へ出た。近くの神社で初詣を済ませると足は自然に池袋に向いた。島田に結《ゆ》った娘が多く目につき、やっと正月気分になった。

予想はしていたのだが、それ以上の混雑である。

映画館は軒並み正月料金に値上げしていたが、そんなことに関係なく、人があふれ返っている。どの映画館も、観客席のドアが閉まらないほど、立見の客が詰めかけ、とても落ち着いて映画を鑑賞できるような状態ではない。

もっとも、正月向けの封切り映画にはあまり食指が動かない。見ようとすれば名画座の洋画だが、目ぼしいものはここ一、二年のうち、ほとんど見尽していた。

とくに昨年のはじめから、日活名画座が監督別、俳優別のコレクション番組を企画するようになってから、映画浸りが激しくなった。

とにかく、戦前戦中に禁じられていた洋画の上映が解かれ、その間の名画がなだれのようにに輸入されていたのである。どの映画も面白く感動的だったが、とくに強烈な印象を残した作品は、ルネ・クレール監督の喜劇「自由を我等に」や「最後の億万長者」。秀夫を夢中にさせた女優、コリンヌ・リュシエール主演、レオニイド・モギイ監督の「格子なき牢獄」に「美しき争い」。ジュリアン・デュヴィヴィエは重厚な「地の果てをゆく」や「望郷」などより、洒脱な「運命の饗宴」の方が好みだった。特異な風貌のルイ・ジューヴェの「二つの顔」と「真夜中まで」。チャップリンの新作は「チャップリンの殺人狂時代」。

邦画も秀作、問題作が目白押しだった。黒澤明の「生きる」がベルリン映画祭で、溝口健二の「西鶴一代女」がヴェネチア映画祭でそれぞれ受賞。噺家、古今亭志ん生が一席演じて「へい、ご退屈さま」で終るふしぎな映画「銀座カンカン娘」というのもあった。市川崑は「プーさん」「ラッキーさん」というようにきりがない。

ためしに昨年見た映画を数えてみると、ほぼ百本だった。一週間に二本見た勘定である。その間をぬって、芝居や寄席にも足を運ぶのだから、休日でも家に落ち着いている暇がなかった。

夜になって弟が帰って来た。弟も会社からボーナスが出て、この世をばわが世とぞ思って、威勢よく遊んでいたらしい。映画は特等席、いろいろなものを食べた挙句、もう金がなくなってしまった、という。

正月の休みが明けるころ、そろそろ映画館の混乱も一段落したころだと思い、妹たちを映画館に連れていくことにしたが、上の妹は友達と約束があるというので六歳になった玲子と外に出た。

先日、池袋を歩いていたら、人生坐で「バグダットの盗賊」がかかっているのを見て、これなら子供向きだろうと思ったのだ。

午前中のことで、映画館は空いていたが、しばらくすると、たちまち満員になった。世間はまだ正月気分である。

映画はイギリスのアレキサンダー・ゴルダの製作で、色彩も美しく、特殊撮影もなかなか見事であった。舞台はインドで異国趣味にあふれている。美男美女の王子さまやお姫さまが登場、空を飛ぶ馬にまたがったりするうちは無難であった。

そのうち、大入道や魔法使いが出て来て、大蜘蛛を使ったり、六本脚の人形が王様を抱きしめて殺すような場面が続出するようになると、もういけない。

玲子は恐い恐いと言い、そのうちしくしく泣きはじめた。秀夫はこれはいけないと映画館を出た。

家に帰る途中で、そばでも食べようと言ったら、玲子はなにも食べたくないと答えた。よほど恐かったらしい。それなら、ウォルト・ディズニーの「シンデレラ姫」の方がよかったと思ったが後の祭りだった。

家に帰ってから本棚を作ることにした。

といって、たいした本があるわけではない。神保町の古本屋で買った、戦前の文学全集、露伴、鏡花、谷崎などの端本。戯曲全集の近松と黙阿弥集。落語の速記本に岩波文庫の『柳多留』。

国産の探偵小説は中央挿絵家集団への献本でだいぶ読んだが、海外探偵小説は乱歩の『随筆探偵小説』を手にしたときから憧れだった。乱歩の文章はどれも熱病患者が書いたような調子で、その熱はたちまち秀夫に染ってしまい、本の中で紹介されているベストテン級の著作をすっかり覚えてしまうほどであった。

だが、肝心な本がない。

神保町にその原書が並んでいる本屋があった。魚住書店の奥の棚に、ハードカバーの原書に丁寧にパラフィン紙で包まれているクイーンやカーの著作を見つけた。もちろん、手の届く値段ではない。手に入れたとしても原書が読める英語力はない。その本の背を、垂涎の思いで眺めているだけだった。

高嶺の花を慕うようなもので、熱だけがどんどん募っていく。

そのうち、ぽつぽつ翻訳物が本屋に並ぶようになったが、まだまだと、じっと辛抱する。はじめは、新樹社のぶらっく選書に、雄鶏社のおんどりミステリーズ。専門誌の『寶石』では『別冊寶石』として、世界探偵小説全集がはじまった。早川書房では世界探偵小説シリーズ。ここでも洋画のときと同じように、戦前の名作が堰を切ったように本屋にあふれるようになった。

秀夫が息を詰めて見守っていると、予想したとおり、探偵小説のシリーズは神保町のゾッキ本屋に現れはじめた。なにしろ、百円札一枚で三冊もの本が買えるのだからこたえられない。

クイーンは『Xの悲劇』『Yの悲劇』に感激し、カーは『三つの棺』『読者よ欺かるるなかれ』、『曲った蝶番』、クリスティは『そして誰もいなくなった』、シムノンは『サンフォリアン寺院の首吊人』、チェスタートンは『木曜日の男』に短編小説のブラウン神父ものの全て。

そのほかの探偵小説の本は、ほとんど雑誌の増刊号なので、棚に並べてみても見映えはしないのだが、秀夫はその背を見渡して満足するのだった。

棚を作ったついでに、家の中を修復することにした。家はまだバラック建ての一間で、壁がなかった。壁のかわりに打ちつけてあるベニヤ板のところどころが反りはじめて、強い雨が降ると雨洩りがするようになった。

家の中を修理してから外に出て屋根に登る。屋根は瓦ではなくこけら板のとんとん葺《ぶ》きである。戦後すぐに建てた家で、方方が傷んでいるのをざっと修復する。このバラックを本建築の家に建て替えるのは、まだ当分先のようだった。

女子社員のほとんどは、着物で初出勤してきた。秀夫と受付の春本明美嬢だけは、いつもの学生服にセーラー服だった。

出勤しても、まだ本気で仕事にかかる気がしない。若い社員は火鉢を囲んで取留めのない話になる。石炭のダルマストーブ一つだけでは隅隅まで暖かさが伝わらないのだ。

秀夫が煙草に火をつけると、原簿課の伊達菊代女史が言った。

「あら、新庄さん。いつから煙草を呑むようになったの」

「正月からです。今年、二十歳になりました」

「そうだったの。でも、それにしちゃ、ずいぶん煙草の呑み方が堂に入っているわ」

「ほんとうは、もっと前から吸っていました」

「……不良ね。学校でも隠れて吸うんでしょう」

「いいえ、おおっぴらです。学校の玄関の隅には水の入ったバケツが置いてあって、そこが喫煙所になっています」

「高校に喫煙所があるの」

「ええ。夜学は四年制で、成人した生徒が多くいますから」

「そのマッチ、〈キャノール〉のでしょう」

「ええ」

「〈キャノール〉にはしょっちゅう行くの」

「ときどき、です」

「煙草を吸って、珈琲を飲んで……お酒の方は？」

秀夫が黙ってにこにこしていると、そばのデスクにいた古谷さんが口を挟んだ。

「新庄君はね、純情そうな顔をしているけど、実は酒にかけちゃたいへんなウワバミなんだ」

古谷さんは総務部長で貸しビルの管理もしている。会社では秀夫に次いで古顔だった。

「ウワバミはひどいですよ」

と、秀夫は抗議した。

「いや、何度も見ているから間違いはない。昨年の新年会に、新庄君は正体を現した」

「昨年の新年会は鎌倉でしたね」

「そう、社長の家に招待されたんだ。そのころ、社員は十人ぐらいだったからね。今じゃとても無理だ」

若い社員はほとんどが入社してから一年に満たない。その年の正月、社員で鎌倉の新年会に行ったのは、会計の浦木嬢と住宅部の岩井女史、九段本社に行った五十嵐女史ぐらいだった。

古谷さんが言った。

「その新年会で、新庄君は注がれれば注がれただけ大人しく飲む。だが、少しも酔わない」

「お酒を飲めば、そりゃ酔いますよ」

「じゃ、酔うとどうなる?」

「たぶん腰が抜けていたんでしょう」

「しかし、あのときは盛りあがったね。音川先生がビール瓶を持ってよかちん踊りをして見せた」

音川さんというのは社員ではない。よくは判らないが、土建業で鎌倉の辺りに住んでいて、会社の顧問をしているらしい。色が黒く、ずんぐりした腕力のありそうな身体で、手首には彫物が見えた。

「よかちん踊りって、なあに」

と、明美嬢が訊いた。古谷さんが秀夫に言った。

「覚えているだろう。ここで踊ってみないか」

「だめですよ」

「なぜ？」

「ああいうの、お酒が入らないとだめです」

そのとき、電話がかかって来た。受話器を取り上げた明美嬢が秀夫の名を呼んだ。

電話は第一興信所の会田さんだった。会田さんはもと第二千代田ビルの貸しデスクの一卓を借りていたが、昨年、広い事務所を持つようになって越していった。会社が大きくなって出て行った例はほんのわずかだ。秀夫は中島カンパニーぐらいしか思い出せない。

「今日は学校かね？」

と会田さんが訊いた。

「いいえ、まだです」

「じゃ、退社したらうちへ寄ってくれないか。渡したいものがあるんだ」

受話器をもとに戻して、秀夫は用ができたような顔をして第二ビルに行った。気分転換のためだった。

二階の貸事務所に行くと、福長商事の福長さんがいつものように新聞を広げていたが、秀夫の顔を見ると、

「おう、待っていた。新春対局、一丁やろう」

と言い、新聞を畳んでデスクの引出しから将棋の駒を取り出した。

しばらく将棋の相手をしていると、受付の長佐老の声が聞こえた。

部屋に入って来た三十代ぐらいの男と話しているのだ。

「タマガミ……、なんだね、そりゃ」

「玉の神と書いて玉神《たまがみ》商事です。今日からここの事務所に来ますので、よろしく」

「待ってくれよ、君。藪から棒にここに来ますといっても、わたしはなにも聞いていないよ」

「……第二千代田ビルというのは、ここですよね」

「そう、このビルですがね」

「じゃ、間違いはない。わたし、この部屋の権利を譲り受けたんです」

「いったい、誰から？」

「大和機器という会社からです」

長佐老は秀夫に言った。

「大和機器だそうだ。知っているかい」

まだ賃貸契約しないうちに、事務所に机を運び込んだ会社があった。その会社が大和機器だった。昨年の暮れのことで、まだ記憶に新しい。

「ちょっと待ってください。確かめて来ますから」

秀夫は第一ビルの自分のデスクに戻り、引出しから大和機器の名刺を探し出して、貸しビル管理の古谷さんのところに行った。古谷さんが帳簿を見ると、大和機器は賃貸契約のとき、敷金と一月分の部屋代を払っていた。契約者は田原五郎だった。

第二ビルに行って長佐老に話すと、長佐老は玉神商事の男に訊いた。

「あんた、大和機器の田原さんとは知合いなの？」

「ええ、そうです」

男は不安そうに答えた。

「付合いは長いのかね」

「いいえ、最近知り合ったばかりです、神田駅のそばの飲み屋でした」

「田原さんに、お金払ったの」

「ええ。事務所の敷金と二月分の部屋代です」

男はポケットから名刺を取り出した。名刺の裏にはそのときの金額と、田原の印が押してあった。

「あんた、気の毒だけど田原さんに騙されたんだよ」

と、長佐老が言った。

「確かに田原さんはこの事務所を使っていたことはあるが、田原さんに事務所の権利を売ることはできない」

「……そうだったんですか」

玉神商事の男はそれでも未練らしく、応接セットで煙草など吹かしていたが、やがて帰っていった。

大和機器の社員だという女性が訪ねてきたことがあったが、今、どうしているのだろうか。

玉神商事の男と入れ違いに、大洋漁網の筒井さんが赤い顔をして帰ってきた。どこかで一杯やってきたようで、秀夫が将棋盤に向かっているのを見て、

「やぁ、息抜きをしているな」

と、言った。

「第一ビルに移ってからは、若い女子社員に囲まれているね。それで、気が疲れるんだな」

筒井さんは機嫌がいいようで、お喋りだった。秀夫が言った。

「女の人に気なんか遣っていませんよ」

「そうかな。でも、見ると一人前に働いている。偉いと思うよ」

「それ、皮肉ですか」

秀夫は福長さんの王に王手をかけた。

「いや、昔の夜学生は、会社では楽をしていた」

筒井さんは自分も旧制中学の夜学生だったと言った。敗戦の年、中学を卒業したそうだ。

「おれのころは、皆、夜学生に理解があったね。会社で堂堂と教科書を出していても平気だったよ。仕事だって主に使い走りで給仕は坊やなんて呼ばれていた」

「はじめて会社に入ったころ、社長は坊やと言っていました」

「昔の人は皆坊やと呼ぶ。会社の隅に坊やが集まって、映画の話なんかしていた。真面目な人に見つかると、勉強でもしたらどうだい、と言われたりしてね。勉強をはじめると、教科書を覗き込んで、親切に教えてくれたものだった。今は暇だからといって、おおっぴらに本も読めないいんだろうな」

「まあ、そうです」

「戦争に負けて、それだけ世の中が世知辛くなったんだなあ」

「はじめから夜学生はお断りという会社も多いんです。大きな会社ほど、夜学生を受け入れていませんね」

「……儲けることが第一なんだな」

「会社で勉強ができなくても、ほかの勉強をさせてもらっています」

「なるほどね。普通、君たちぐらいの子がつきあう大人といえば、親と先生ぐらい。その先生にしても、君ほど社会を見ていないだろうな」

個性的な大人をいろいろ観察できるという点では、第二ビルでの勤めは最高だった、と思う。秀夫の前に、数え切れない一旗組や一匹狼が出入りし、秀夫が持っていた社会の常識を片端から突き崩していった。

秀夫が一番感心したのは、人の社会的な評価が、必ずしも人の魅力と一致しないことだった。たとえば、有名高校から東大へ、東大から一流会社へと、すいすいと出世街道を進んで来たような人の中には、福長商事の福長さんや、日本経済研究会の吉岡さんのような人はいないと思う。

「だがね、社会の勉強は結構だが、早くから社会に染まってはいけない」

筒井さんはお説教をするような口調になった。

「稚心は早く捨てた方がいいが、童心を忘れちゃいけない――はて、どこかで聞いたことのあるような言葉だな」


第一興信所は神田駅の近く、事務所は二坪ほどで、二台のタイプライターを並べた工伸《こうしん》タイプと同居していた。工伸タイプの北尾夫人がいつものようにタイプを打っている向こうのデスクに第一興信所の会田さんが書類を見ていた。一部屋を共同で使っているようだ。

新年の挨拶をすると、会田さんは秀夫の会社の内情を尋ね、封筒に入ったものを渡した。第二ビルにいたとき、秀夫は会田さんに便宜をはかってやった、その礼だと受け取ったが、それだけではなかった。帰りぎわ、会田さんは、

「困るようなことがあったら、いつでも相談に来なさい」

と言ってくれたのである。

あとで考えると、会田さんは秀夫の会社が危ないと、予知していたようだった。

## 十

呼ばれて秀夫が専務の今井外右衛門のところへ行くと、

「この前、頼んでおいた備品の件はどうなっているのかね」

と、咎めるような調子で言った。

頭の尖った小さな男で、なんとか威厳を示そうと思って口髭をたくわえているのだが、みすぼらしい喜劇役者としか見えない。

外右衛門は考えていることも小さく、秀夫が頼まれていたのは会社内の備品のリストだった。今、社員たちが使っている、算盤《そろばん》、ペン皿、朱肉など、鉛筆の一本一本まで記帳し、使用者の認印を取って来い、というのである。秀夫はあまりにばかばかしいので放っておいた。だから外右衛門が咎めるような口調になったのも無理はない。秀夫にはその気がな

かったが、

「今、準備中です」

と、答えた。

「じゃ、早速、これをガリ版にして、帳面を作るように」

外右衛門は下手な字で書いた原稿を秀夫に渡した。原稿には「物品購入伺簿」としてあった。どうやら、すでに行き渡っている備品のリストではみみっちいと思いなおし、これから購入する品に的をしぼったらしい。

それでも、発想は同じで、購入する品名、数量、価格、納品月日、受領者印、社長、専務、部長、経理の決裁印の欄を作るなど、やたらに細かい。よほど、閑《ひま》をもて余しているとしか思えない。

といって、原稿まで作られたのでは、今までのように握りつぶすわけにもいかない。秀夫は机に向かい、謄写版の道具を揃えて仕事にかかった。

そばを通りかかった豊村さんが、秀夫の作業を珍しそうに見ていたが、

「新庄さんの原紙の切り方、普通とは違うわね」

と、言った。

謄写版のヤスリは長方形で、それが半紙ほどの大きさの木の枠の中にはめこまれている。普通の人ならそのヤスリを竪《たて》に置いて使う。ところが秀夫は横にしていた。東光社の東野

さんもこの方法である。

「プロはみんなこうします」

と、秀夫が言った。

「ヤスリを竪にして使うと、どうしても真ん中を酷使するようになります。ガリ版の原紙は蝋引きですから、真ん中だけが目詰まりしてしまう。ところが、ヤスリを横にすると、手加減で全面がまんべんなく使えますから、いつまでもヤスリが新しいんです」

「……それ、プロの人から教わったの？」

「ええ、見様見真似で覚えました。第二ビルの共同事務所に本職のガリ版屋さんが毎日仕事をしています」

「原紙も普通のとは違うのね」

「ええ、文房具屋さんの原紙では、百枚も刷ると蝋が溶け出して、ぽつぽつの点が出てしまいます。これは専門店〈昭和堂〉の原紙ですから、五百枚は大丈夫ですね」

「原紙ってそんなに違いがあるものなのね」

「もっと数を刷りたいときは、原紙にニスを引いてから切ります。千枚は大丈夫ですね。会社じゃそんなに枚数は刷りませんが、この店には罫も太いものから細いものまで、種類がたくさん揃っているんです」

豊村さんは興味を持ったようで、秀夫が原紙を切り終え、印刷機のある台に移ると見物に来た。

プロの道具は極端なほど無駄をはぶいている。謄写版の印刷機も単純で美しく、秀夫はプロの道具を揃えたかったのだが、謄写版を使うのは秀夫だけではないので、そう自由にはならなかった。

インクも文房具屋で売っているようなチューブ入りは使わない。チューブ入りのインクは油の質が悪いので、印刷してしばらくすると、描線の縁に油が滲み出して黄色く変色してしまう。

神保町の〈昭和堂〉には活版用のインクも置いてある。これは缶に入った半練り状のインクで、そのままでは使えない。別売の薄め液で好みの濃さに溶かして使う。

日曜日に出勤した住宅部の社員が、そういうことを知らず、原液のインクをそのまま使ってしまった。

「せっかくの原紙がメチャメチャになったじゃないか」

秀夫が丁寧に使い方を説明したのだが、相手は自分の非を認めようとはしなかった。自分の無知を棚にあげて、若者を怒鳴りつけるのは世の習いで仕方がない。印刷機もインクでべたべたである。それを始末するのがひと苦労だった。

謄写版をプロは孔版といい、そのころ孔版の技術は頂点を極めていた。東光社の東野さんは活字の一番小さい六ポイントぐらいの文字を平気で書き、多色刷りでは写真印刷と区別ができないほどの技術を持っていた。

　秀夫はこれまで演劇部の脚本の全てを印刷してきた。原紙ならちょっと見たぐらいでは脚本と判らないので、会社に持ち込んで仕事をした。だが、図図しく印刷まではできない。印刷は学校の輪転機を使った。インクが不満だったが仕事は早かった。

　演劇部用の原稿用紙も作った。会社のワラ半紙を五百枚ほど借用した。銀座の桝屋の原稿用紙を真似て、ただ碁盤目状の桝目にした。ちょっと原稿用紙らしくないので、大丈夫だと思い、会社で刷った。だが、ホワイトでインクを調合し、ごく薄いグレイの色を出したのが珍しがられ、物見高い人が寄ってきたのには閉口した。

　それはともかく、「物品購入伺簿」はすぐ刷りあがった。文字が少ないので仕事が早い。秀夫はそれを外右衛門に見せ、

「これを綴じて表紙をつけます」

と、言うと、

「そうしてくれるかい」

外右衛門は上機嫌だった。思いどおりに社員が動くのが嬉しいらしい。

表題の字は凝って明朝体にしてみた。豊村さんが刷りあがったものを見て、

「この仕事だったら、本職になれるんじゃない」

と、言った。

「第二ビルのガリ版屋さんにもそう言われたことがあります。少し勉強すれば、すぐプロになれるって」

「プロになれば、今のお給料よりよくなるわけでしょう」

「まあ、そうですね」

「その気はないの？」

「給料はよくても、プロは一日中ヤスリに向かっているんですよ。だめですね。ぼくは怠け者だから」

「プロになれば、なんでもそうじゃないの」

「同じ筆耕をするんだったら、ガリ版でなく、出版社の版下を書いている方が割がいいんです」

「版下屋さんにも知っている人がいるのね」

「ええ、第二ビルにいる創美図案社の和泉さんという人です」

「その人が稿料のことを教えてくれたのね」

「いいえ、教えてくれたわけじゃないんです。喫っている煙草で判ります。ガリ版屋さんはいこいで、和泉さんはピースを喫っているんです」

昨年、ピースの箱のデザインが変わり、好評であった。アメリカのデザイナーによる作品で、デザイン料が百万円だということでも話題を集めた。

ピースの箱の地の色は昔のままの紺で、平和の鳩をあしらい、ｐｅａｃｅの文字がスマートで垢抜けがしていた。

「そして、新庄さんは新生ね」

豊村さんは珍しく冗談を言った。

秀夫は豊村さんがまだ読んでいないという幸田露伴の『幻談』を鞄に入れて持って来たのを思い出した。

貸付係の三井さんが秀夫のところに来て、

「原稿、きみのところでよかったんだね」

と言い、隅を綴じた原稿用紙を置いていった。きちんと原稿用紙に文章を書いてきたのは三井さんがはじめてだった。ほとんどの人は会社の便箋を使っていた。

社内同人誌を出そうと言い出したのは、住宅部の石崎さんだった。石崎さんは文学青年で、同じ文学年増の伊達女史と話が合うようで、二人が雑談しているとき、同人誌発行の計画が生まれたのだという。

石崎さんは秀夫に発起人に加わってもらいたい、と言った。

「新庄くんはよく本も読んでいるし、会社で一番古顔で信用があるから、発起人になってくれれば企画がすんなりとおると思う」

　秀夫は同人誌の発行にあまり乗り気ではなかった。だいたい、文学青年は敬遠したかったし、同人誌を作るに値するような作品が集まるとも思えない。

　以前、第二ビルに事務所を持っていた、王子商事の飯塚さんが会員制の同人誌『創作園』を発行したが、一号だけで終わった。その一冊をもらって目を通し、あまりにも青臭い文章ばかりで辟易したことがある。

　それはともかく、今度の同人誌のレベルは『創作園』程度なら上出来、下手をすると箸にも棒にもかからないような原稿が集まるかもしれない。

　だが、石崎さんは熱心で、賛同者の同人名簿まで作り出した。「千代田社員の相互の融和と啓発を図る」目的の同人誌の名は『若人』、発起人には石崎さんと秀夫の連名であった。

　しばらくすると『若人』への原稿が集まりはじめた。

　真っ先に原稿を持って来たのが秀夫の右隣にいる伊達女史だった。会社の便箋を使い、上手とはいえないが律義な楷書だった。

　　朝もややほほじろの音さえざえと
　思い出の隅田川なる泡の月
　神宮の芝生に見つけしクローバー

など、十数句で、これまた正直すぎる五七五であった。

金融部の相馬嬢は、まだ入社して間がないが、文芸は嫌いではないようで、秀夫のところに詩を持って来た。

君という字は消されども
消えぬあの日の想い出よ
淋しく仰ぐあかつきの
黒きひとみに露一つ

まず、『創作園』並の出来だが、変に文学臭くないのが取り柄だった。

同人誌の発行人、石崎さんの原稿は「コント　ある青年の恋」という題がつけられていた。

秀夫が読んでみると、当人はコントのつもりらしいが、まったく切れ味がない。ただ、自分の青年期の恋を深刻ぶった調子で書き流しただけで、このままなら『創作園』に投稿しても没になるのは必定だった。

まともな原稿は集まるまい、という予想が次次に的中していき、頭を抱えたくなるような気分になっているとき、貸付係の三井さんが〆切ぎりぎりで原稿を持って来たのだった。

二百字詰めの原稿用紙で、かなり達筆なペン字だった。「南洋と北支瞥見」という題を見て、やっと原稿らしい原稿が届いたと、秀夫はほっとした。

三井さんは興亜学生勤労報国隊の指導教官のキャリアがあり、昭和九年には学生を連れて台湾を縦走、支那の厦門《アモイ》に立ち寄り、フィリピンのマニラ、セブ、ダヴァオに遊び、南洋諸島のパラオ、テニアン、サイパンを一巡、全行程は四十日であった。

北支には全国から集まった二千人の学徒を引率し北京の紫禁城を見学した。

そして、三井さんは戦後の東京は、皆が金、金とあくせくするばかりで、全くつまらない所に成り下がった、と嘆く。

ただ、旅の豊富さに対して、原稿が短すぎた。せっかくの体験も、旅の行程をたどるだけに終ってしまったのが残念であった。

それにしても、読むに耐えるのが三井さんの原稿だけでは淋しい。

秀夫は豊村さんに声をかけることにした。

「同人誌の原稿が集まらなくて困っています。なにか、書いてください」

「あら、わたしはだめよ」

豊村さんは言下に言った。

「どうしてですか」

「私の過去は面白いことがひとつもなかったから」

「面白くなくてもいいんです。同人誌は売るわけじゃないんですから」

「実はね、わたし過去のことは思い出したくないの」

秀夫はその言葉を重く感じた。豊村さんの青春はちょうど戦争に重なっている。苦しいことが多かったに違いない。だが、秀夫は軽く聞き流すふりをした。

「同人誌に書くのは自分のことじゃなくていいんです。たとえば、本の話とか。この前お貸しした露伴の『幻談』についてなんかどうでしょう」

「『幻談』ね。面白かったわ。露伴の喋り方が聞こえるような気がする」

「ぼくはあの中の『雪叩き』が気になっているんです。これ、代表作とはいえないんじゃないかと思うんだけど、似たような話があるんです」

「それも小説?」

「いえ、落語なんです。『雪とん』という噺で、あまり人がやらないんですけど、このあいだ、志ん生のを聞きました」

「それ、ラジオで?」

「いいえ。神田の「立花」で。毎月、第二日曜日の昼席で落語研究会があるんです。この会の出演者は七人なので、一人一人の持ち時間がたっぷりありますから、ラジオで聞けないような話が聞けるんです」

「つまり、耳の肥えたお客さんのための会なのね」

「ええ、そうですが、ぼくなんかは若造ですから、生意気で聴きに行くんです」

落語研究会の番付には、各演目に解説が書かれている。それによると、「雪とん」は長い人情話の発端であるという。古今亭志ん生は普通、「代わり目」や「ずっこけ」といった滑稽噺で気持よく客を笑わせていたが、研究会には「雪とん」のような笑いのない講談風の地噺を選ぶことが多かった。この前の十二月は忠臣蔵にちなんで「山岡角兵衛」という、これも珍しいものを取りあげた。

「『雪とん』は噺の発端がとても洒落ているんです」

と、秀夫は言った。

「主人公は芝居にもなっているお祭り佐七なんですが、この佐七がある夜、雪道を歩いている。すると、下駄の歯の間に雪がはさまってしまったので、ある家の門口にあった石に、下駄をとんとんと打ちつけるんです。すると門がすっと開いて、若い女が現れたと思うと佐七の腕を取って、ものをも言わせずに屋敷の中に連れ込んでいく」

「ほんとうに『雪叩き』のままね」

「噺家が露伴の小説を取ったのか、露伴が落語によったものか、ずっと気になっているんです」

隣で話を聞いていた伊達女史が言った。

「わたしも読みたいわ」

秀夫は伊達女史に本を渡すと約束した。

「新庄さんはどうして露伴が好きなの」

と、伊達女史が訊いた。

「露伴が曲亭馬琴のことを誉めているからです」

「馬琴って『八犬伝』の?」

伊達さんはふしぎそうな顔をした。普通、馬琴といえば江戸の大衆娯楽小説家である。膨大な作品を残しているが、文学的評価は低い。明治の指導者たちが江戸文化を否定してきたからだ。

だが、露伴は違う。『運命』の冒頭で、馬琴は我が国小説の雄だとして絶賛を惜しまない。

「『八犬伝』読んだの?」

と豊村さんが訊いた。

「ええ。第二ビルにいたとき。午前中はだいたい電話が暇でしたから。途切れ途切れに、でも全部は読み通せませんでした」

「じゃ、原文で?」

「ええ。帝国文庫で四冊。一冊が改行なしで四百ページありましたね」

「それ、買ったの?」

「ええ。安くて目が眩んだんです。神保町の角の魚住書店で、特売品の中に積まれていました。一冊が五十円。岩波文庫並の値段でした」

魚住書店には探偵小説が揃っているので気になる古書店で、高値な本がいくらでもある。探偵小説の原書で、どっしりした分厚なハードカバーに、ハトロン紙がかけられ、奥の主人がいるあたりの棚に背を並べているのは壮観であった。もちろん、秀夫が手を出せるような値段ではない。『八犬伝』は専門外の本なので安い値をつけたのだろうか。

「原文は難しいでしょう」

と、伊達女史が訊いた。

「いいえ、全部ルビがふってあります。昔の人はふしぎな当て字を使うのが面白いですね。〈閑話休題〉を〈あだしごとはさておきつ〉、なんてね」

『南総里見八犬伝』は豊穣な伝奇幻想小説だが、作中の附言にも心を奪われた。馬琴は小説の技術の中で隠微が重要だと言う。

馬琴自身、心血をそそぎ、豊かな知識で博引旁証、壮大な構想を鉄壁のような文章で綴った物語より、遊郭の二階などで書き流したような人情話の方に人気が集まっているのが我慢できない。

勝ったものが評価され、正しいものが必ず勝つ。八犬伝はそうした理想郷の世界の物語である。しかし、小説では現世が理不尽であることを声高に言ってはならない。それが、隠微である、という。また「隠微は作者の文外に深意あり。百年の後知音をまちて、これを悟らしめんとす」と作者は書く。

秀夫はそれを読んで感ずるものがあったが、それで安心したものか帝国文庫を三冊読んだところで挫折してしまった。第二ビルから第一ビルへ移されたからでもある。社員の目のあるところで、分厚な帝国文庫を拡げるわけにはいかない。

ただし、篇中に随時挿入されている附言と最後の「回外剰筆」の全てを読んだ。初篇を書きはじめてから完成までの二十七年間の苦心が述べられていた。中でも、馬琴が過労のあまり失明してしまうくだりは感動的であった。

馬琴がほとんど八犬伝の完成を諦めていたとき、口述筆記を申し出たのが、亡き息子の嫁、おみちであった。ところが、そのおみちは当時、仮名のにじり書きもままならなかった、という。

馬琴はおみちにまず漢字から教え込まなければならなかった。

八犬伝は二人の死にものぐるいの努力によって完成したのである。

一方、秀夫の熱は大月勝治にうつってしまった。大月は古本屋を漁って岩波文庫版の八犬伝を手に入れ、秀夫より早く読破した。文庫版には原本の挿絵が全て収められていた。それを知った秀夫は口惜しまぎれに、

「やはり絵入りの本は読み易いよな」

と、負け惜しみを言った。

豊村さんは時代錯誤のような小説を読んだという秀夫に呆れていたが、最後まで同人誌

の原稿を書くとは言わなかった。

## 十一

休み明けの朝、出社してすぐ、第二ビルに事務所のある大洋魚網の筒井さんが、不機嫌な顔で第一ビルに入って来るなり、

「いつから事務所の電話が使えなくなったんだね」

と、秀夫に言った。秀夫はその意味がよく判らなかった。

「これからは、電話をかけるのにいちいちここまで来なきゃならないのか」

「そんなことはないですよ」

「だがね、第二ビルの電話がかけられないようにしてあるじゃないか」

「……電話がかけられない？」

「そうさ。電話機ががんじがらめに縛ってある」

「まさか――」

「いや、本当だ。新庄君、来てみりゃすぐ判る」

秀夫は半信半疑で筒井さんと第二ビルに行くと、驚いたことに受付のデスクに置いてある二台の電話機が針金で何重にも固く縛りつけてあった。

「誰がこんなことをしたんだ」

と、筒井さんが言った。

いつもこのデスクにいる、受付の長佐老しか考えられないが、秀夫はさあと口を濁しておいた。

秀夫が電話機の針金を解いていると、長佐老が息を弾ませて部屋に入って来た。

「すまん、すまん。すっかり遅くなってしまった」

筒井さんが言った。

「あんたかね、電話を縛ったのは」

「そう。私です」

「電話機を縛るなんて、非常識じゃないか。どうしてこんなことをしたんですか」

「日曜日にただで電話を使われるといけませんからね」

長佐老は当然のように言った。

「今まで、こんなことをした人は一人もいない」

「このごろ、電話料金が不足して困っているんです」

「おれはちゃんと払っている」

「あなたは別です。しかし、中には不心得者がいるんでね」

電話料は一通話五円、葉書と同じ値段だった。ただし、貸事務所の使用者がかけるときは十円に決めてある。電話料は通話料のほか、基本料金を払わなければならないので、十円の使用料は妥当だと思う。事務所の使用者は、秀夫の会社が発行する電話券を買う。電話券は一綴り五十回分で、使用者は電話をかけるたび一枚ずつ券を渡すシステムになっている。

たかが十円の電話料を惜しんで、受付の隙を見てただかけする人がいるのである。秀夫も三年ほど受付をしていたのでそういう事情をよく知っていた。

秀夫が第一ビルの自分のデスクに戻ると、ビル管理の古谷さんが言った。

「長佐さん、ほんとうに電話機を縛っていたのかい」

「ええ。ぼくだって電話を縛りたくなったことがあるんです」

「ほう……同じ受付にいると、趣味が同じになるのかな」

「趣味なんかじゃありません。本気でそう思いましたよ」

「つまり、電話局からの請求金額と、事務所で徴収した金額とが合わないんだ」

「ええ。それがぴったり合ったら奇跡ですよ。ぼくなら目を回します。電話料の帳尻なんて、合うものじゃないんです」

「長佐さん、それで頭にきてしまったんだ。しかし、きみは電話を縛ったりはしなかったんだろう」

「ええ。でも、はじめのうちはぼくも困りましたよ。何度も神田局まで行って、帳簿を見せてもらいましたが、だめでした。請求金額は局からの一方通行です。使用者の不服には応じません」

「それで必ず局の金額の方が多いんだ」

「ええ。ぼくは局まで疑いましたよ。通話回数は機械だから素人の調べようがない。あらかじめ水増しするように機械をセットしているんじゃないか、と」

「でもきみはそのところをなんとか遣り繰りしていたわけだ」

「ええ、共同事務所は幽霊みたいに消えてしまう会社が多いでしょう。そのデスクには使いかけになっている電話券がそのままになっているものです」

「そうだろうな。後生大事に持っていても、よそじゃ使い物にならない」

「そういうような券を流用したりするわけです」

「なるほどね。長佐さんにその手を教えてやったらどうだい」

長佐老に、そんな小手先の芸ができるとは思えなかった。

退社時間になり、左隣の受付係、春本明美嬢が小さな手鏡を取り出して、そっと髪を梳《と》かしはじめた。ぴちぴちした小麦色の肌がセーラー服によく似合う。悪くない姿だと思う。暇があるとそっと吉屋信子の小説などを読んでいる。

「新庄さん、お別れ会に出席するの？」

と明美嬢が訊いた。

「うん、少しだけ。学校があるから」

「わたしも学校なの。帰るとき声をかけてね」

会合でひとりだけ先に帰るとは言いにくいのだ。

暮れから今年にかけて、退社したり入社したりする社員の動きが激しくなっていた。株式係の中西嬢は結婚のため、住宅部の樋口さんは体調を崩して故郷の新潟へ帰るという。お別れの会には新入社員や鬱陶しい上司は呼ばない。気の合った若い者だけである。

秀夫は明美嬢と連れ立って神保町すずらん通りの食堂〈のんき〉に行った。

いつか、元社員だった菊池さんが言ったように、神保町は目に見えてパチンコ屋が多くなっている。

神保町の古書籍業者は戦前の半数にまで落ち込んだという。原因は民間放送の進出で、無料で好きなものが聴けるので、浮動的な読者層が吸収されてしまった、と新聞が報じていた。今年の二月からは、さらにＮＨＫテレビの本放送がはじまったので、古本屋はますます少なくなるに違いない。

パチンコ屋とともに、マイカー族もうなぎ上りに増え続けている。鮫洲《さめず》の自動車運転免許試験場には志願者が押し寄せ、自動車教習所にはニュー・ルックの若者で一杯だという。

会社の会合に食堂を利用するようになっただけでも、ずいぶん贅沢になったものだと思う。それまでは、何かというと、夕方、使用者が帰ったあとの第二ビルを使った。秀夫が酒やつまみを買い込んで事務所に運び、そこで宴会が開かれた。そのたびに、翌朝の掃除に骨を折ったものだった。

〈のんき〉の二階の座敷に集まったのは、主客の中西嬢と樋口さんの二人、総務部の古谷さん、貸付係の三井さん、住宅部の石崎さん、住宅部の岩井女史、原簿課の豊村さん、伊達女史、相馬嬢などだった。

古谷さんが立って、まずは乾杯。

古谷さんは顎の長い美男子で、人当たりがよく酒席のとりなしが上手で、いくら飲んでも酔った顔はしない。秀夫はいつも古谷さんのようになりたいと思う。

古谷さんはおかしいことを言いながら、皆に酒を注《つ》いで回った。秀夫も古谷さんを見習い、こまめに動いていると、

「新庄さん、学校へ行くんでしょう。そんなにお酒を飲んで大丈夫なの」

と、豊村さんが言った。古谷さんはにこにこしながら、

「新庄君はね、純情そうな顔をしているけど、実は酒にかけちゃたいへんな――」

「うわばみなんかじゃありませんよ」

と、秀夫が言葉をさえぎった。

「まあ、いくら酒を飲んだって、ふらふらになって学校へ行けなくなるような男じゃない。入社した時からずっと酒の席につきあっている」

「新庄さんはいつ入社したの」

と、豊村さんが訊いた。

「中学を出てすぐでしたから、十六。四年前です」

「……ずいぶん早くから大人の社会に入ってしまったのね」

「親父は家業を継がせたかったらしいんですが、今、二人でするだけの仕事がないんです」

「お父さん、どんなお仕事をしているの」

「着物の模様を描いている職人です。模様師といいます」

「いいお仕事ね」

「よく見えるだけです。戦争になると真っ先に仕事がなくなってしまう。その代わり、戦争が終っても復旧は最後の最後なんです」

「わたしの父も職人だったわ」

いつもは真面目で取っ付きにくい豊村さんだったが、その言葉に親近感があった。

「大工さん。大工の棟梁。よく働いたけれど入るお金は全部使ってしまった。お酒が好きで、美食家で」

「昔の腕のいい職人は、皆そうでしたね」

「家に一銭もないくせに、お蔵の百も持っているようなつもりでね」

豊村さんの話を聞いているうち、戦前の生活を思い出して懐かしくなった。

戦前の東京は穏やかで沢山の友達がいて、いろいろ刺激的なものがあり、面白くて秀夫の大好きな町であった。

少し年上だが手拭紺屋《てぬぐいこうや》の清ちゃんとは仲良しで、屋根の上の高い張り場や、薄暗い工場に案内してくれたりした。年下の箱屋のミイちゃんは可愛くて、ベビーミノルタというカメラを向けたりした。

家業も忙しくて、秀夫の家に住み込みのお弟子さんや女中さんがいた時期もあった。

「新庄君の家も戦災に遭ったんだろう」

と、古谷さんが言った。

「ええ、ぼくが集団疎開をしている留守に焼けてしまいました」

「下町のほとんどが戦争でやられたね。戦争なんかがなかったら、君などは模様師の若旦那でちゃらちゃらしていたはずだね。戦争は嫌だね」

古谷さんはそう言って、徳利を持って離れていった。

豊村さんは口を閉じたままだった。戦争の話で嫌なことを思い出したようだ。秀夫は明るい調子で質問することにした。

「豊村さんは、おいくつなんですか」

「あら……女性に年を訊くのは失礼だわ」

「でも、ぼくは喋らされた」

「あなたは男ですから、いいの」

「それなら訊きませんけど、ぼくは豊村さんの年を知っているんだ」

「……誰に聞いたの?」

「いいえ、誰からも。実は、豊村さんの履歴書を見たことがあるんです。住所は蒲田で、趣味は読書」

「…………」

「昨年の春、社員募集をしたとき、たくさん履歴書が送られてきました。それに毎日目を通していたんです」

「でも、その中の一通がなぜわたしのものだと判ったの」

「一番、字が達筆だったから。その人の筆跡を覚えていました。それが豊村さんの字です」

「まあ……油断ができないわ」

「その履歴書を見て、面接案内の通知を書くのがぼくの仕事でした」

「驚いた……あの通知はずいぶんませた字だったわよ」

「あのころ暇でしたから、字引に出ている草書体を真似て書いていたんです。でも、豊村さんの生年月日までは覚えていません」

「わたし、来年が厄年」

「すると……今、十八」

「ばかね。それじゃあなたより年下になってしまうでしょう」

「今のは、お世辞です」

豊村さんはころころと笑った。少し酔いが回ってきたようだった。笑うと女優の淡島千景にそっくりだった。

「それより一回り上の三十二ですね」

「数字まではっきり言うことはないでしょう」

「豊村さんは採用されて、蒲田の営業所に勤めはじめたんですね」

「ええ。家が近かったから蒲田に配属されたんでしょう」

「ぼくは豊村さんがはじめてここに来たときのことを覚えていますよ。蒲田の営業所長と一緒でした」

背の高い蒲田営業所長に従うようにして、正面のドアから入って来た豊村さんは、明るい緑色のスーツに、赤いハイヒールだった。秀夫はあまりその配色には感心しなかったが、すらりとした均整のとれた容姿に目をうばわれた。

所長は豊村さんを応接コーナーに残して、事務所の中に入ってきた。豊村さんは入口の横にある椅子に腰をおろし、膝の上にバッグを置いてじっとしていたが、しばらくするとそっと立ち上がって、秀夫の前にまっすぐ歩み寄ってきた。そして、カウンター越しに、豊村さんは意外な質問をした。

「ちょっとおたずねしますけど、この会社に労働組合はありますか」

秀夫は初対面のときの、服装の感想は伏せて、労働組合のところだけを話した。豊村さんは、あら、ほんとうによく覚えているのね、と笑い、

「あのとき、あなたはとてもふしぎそうに、わたしの顔をじっと見ていたわね」

と、言った。

「そりゃそうです。第一印象で、豊村さんのような人が、鉢巻をして赤旗を振ろうとは思えませんでしたから。今の話は聞き違えじゃないかと思って」

「でも、はっきり答えてくれましたよ。労働組合のようなものは、この会社にはありませんと」

昨年の春ごろ、金融部の業務が九段の本社に移り、ほとんどの社員は九段の本社に行ってしまった。神田の千代田ビルに残ったのは、古谷さんたち、貸しビルの仕事をしている

小人数だった。

だが、それも長くはなく、千代田ビルにも金融部の一部が業務をはじめるようになった。金融を起業してから会社は急激に拡大しはじめ、大量の新入社員が採用された。

そのころ森留太郎という男が副社長の席につくようになった。

この、森副社長、五十前後で小柄でがっしりした体格だった。これまで会社で見かけたことはなく、何をしてきた人か判らない。ふいに現れていつの間にか副社長の椅子に坐っていた。鼈甲《べっこう》縁の眼鏡をかけ、落ち着いた風格がある。

少し前まで、二十人足らずだった社員が、気がつくと百人近くになっていた。営業所は各区に置かれ、都外にも進出した。

豊村さんも新入社員の中の一人だった。豊村さんが入社してから、何度も人事異動があった。急に大きくなった会社だから、かなり人事が混乱していた。

結局、豊村さんは貸付原簿課に落ち着いた。秀夫も原簿課に廻され、延滞利息を計算するようになって、席が近くなった。

見ていると、豊村さんは歯切れのいい言葉で、動作もてきぱきしていた。字も相変らず威勢がいい達筆で、しょっちゅう帳簿の罫からはみ出している。一見おとなしそうに見えて、芯に一本筋金が入っているのだった。

若い女子社員に慕われて、豊村さんはいろいろな相談に乗った。ある時は女子社員に化粧の方法をくわしく教えていた。

「新庄さんはデモ行進に参加したり旗を振ったりするのが嫌いでしょう」

「ええ、自分で主張するのは野暮ですから」

「そうね。神田っ子のすることじゃないわ」

「別に神田っ子を気取るわけじゃないけど、古い江戸のものに心が引かれるんです。時代錯誤、逆コースですね」

「そういえば『八犬伝』など読んでいたのね」

「ええ。それは多分、ぼくが生まれ育った故里《ふるさと》が戦争でなくなってしまったからだと思うんです。でも、古い小説や映画には古い江戸や東京が残っている」

「そうね。懐古趣味を抜きにしても、昔の映画はよかったと思う」

「たとえば？」

「霧立《きりたち》のぼるの……あなたはそんな女優さん知らないでしょう」

「名前なら聞いたことがある」

「宝塚出身の美しい女優さんでね」

「宝塚なら見に行ったことがありますよ」

「それはいつごろ？」

「国民学校五年のとき。その年、集団疎開で東京を離れることになっていたので、当分華やかな舞台も見ることができないだろう。叔母がそう言って、母とぼくを誘ってくれたんです。叔母は宝塚ファンだったから、半分は自分が見たかったんでしょう」

豊村さんは目を大きくした。秀夫は豊村さんの眸《ひとみ》が琥珀色だということに気づいた。

「わたしも宝塚ファンだったの。集団疎開というと、昭和十九年？」

「ええ」

「何月の舞台だったか覚えている？」

「正月でした。日は忘れたけど」

「わたしもその舞台を見ているのよ。もしかしたら劇場の中で会っていたかもしれないわね」

仕事熱心で自分の趣味をあまり口にしない豊村さんが、宝塚ファンだとは意外だった。好ましい驚きである。

「ぼくはそのときはじめて宝塚を見たんです。戦争劇だったけれど、女優さんや舞台が綺麗なんで、ぼうっとしてしまった」

「……軍服を着せられた女優さんが可哀相でならなかったわ」

「ほんとうの宝塚は、もっと美しいんですね」

「ええ。宝塚は王子さまやお姫さまが登場する夢の国なんです。夢の中に戦争を持ち込むなんて、悪夢だったわ」

「フィナーレでは舞台に俳優さんが並んで、お客さんに新曲の軍歌を教えていました」

豊村さんは悲しそうな顔をして首を小さく左右に動かした。

宴席に一時間ほどいて、秀夫は明美嬢を誘って中座した。

ひどく寒い夜だった。

「おれの頬、赤いかい?」

秀夫が訊くと、明美嬢は笑って、

「赤いわ」

「そりゃ、まずいな……あきちゃんはお酒を飲まなかった?」

「ええ。さされたけれど断ったわ」

「偉いな。ぼくはどうしてもさされるだけ飲んでしまう」

「お酒が好きなのね」

「うん。あきちゃんは学校ではどんな部活動をしている?」

「バスケットボール」

「なるほどね。今度試合があったら呼んでくれないか。応援にいくよ」

「新庄さんて、酔うと調子がよくなるのね」

「こりゃ一本、やられたな」

明美嬢とは靖国通りを出たところで別れた。御茶ノ水に行く明美は右、九段に行く秀夫は左だった。

## 十二

九段の本社に届けものをし、自転車で錦町河岸に戻ったが、秀夫はすぐに会社の中には入らなかった。隣の第二千代田ビル共同事務所に行くと、受付の長佐老は電話の前で帳簿を拡げていた。このごろは長佐老に皮肉を言われようが平気になり、共同事務所の人と無駄話をしたり、将棋を指したりして息抜きをする。

東光社の東野さんは相変らず机に向かってガリ版を切っている。浅見エアブラシの浅見さんはエアブラシを使っている。

浅見さんの仕事は写真の修整で、主に機械工具などの写真にエアブラシを使い、綺麗な仕上がりにするのである。エアブラシで写真のハイライトは均一になり、余分なところを消してしまうことができる。修整した写真を版にすると原図とは見違えるほど美しくなる。

福長商事の福長さんは新聞も読み飽きたようで退屈そうな顔をしていたが、秀夫の顔を見ると、すぐ将棋の駒を取り出した。

「ソ連のスターリンが死んだね」

福長さんは駒を並べながら言った。そのニュースは新聞に大きく報道されていたが、特別な感想はなかった。

「そのようですね」

とだけ答えると、福長さんは、

「相変らずきみの目は、今の世の中を見てないね」

と言った。

「どうも、万事に昔の方がおっとりしているようで、なにかというとすぐ金のことになる今はあまり面白くないんです」

「そりゃそうだがね。今度のスターリンの死は、対岸の火事だといってぼんやり見てはいられないぞ」

「……スターリンが死ぬとどうなります」

「ああいう大物が急死すると、これから世の中がどう動いていくか判らなくなる。行く先が不安だから株の買い手がなくなる。それでまず、株価が大暴落するね。景気がもっと悪くなる」

「はあ……」

「いつかも話したよね。三年前、朝鮮戦争が起きると、アメリカは日本から戦いに必要な物資を大量に調達しはじめた。なぜか、判るだろう」

「アメリカ本土から運ぶより、朝鮮のすぐ隣から物資を調達した方が手っ取り早いからです」

「そう。その特需発注のおかげで、日本の産業界は好転し、景気が目に見えてよくなっていった」

日本はこのあいだの大戦で莫大な被害を受け、同じ戦争が今度は急速な復興をもたらしたのだ。何という皮肉だろう。この得体の知れない怪物のような戦争にますます嫌悪が深くなるばかりだ。

福長さんは続けた。

「だがね、とどまることを知らない好況などこの世にありはしない。同じように終りのない戦争もない。朝鮮戦争は十五ヵ月で事実上停止した。とすると、戦略物資の必要はなくなる。アメリカは物資の買付をやめてしまった。これが、商人どうしの取引だったらこうはいかない。それまで続いていた大きな取引が、相手の都合で一方的に中止されるなんて、常識じゃ考えられないからね」

「相手がアメリカじゃ、泣き寝入りするしかないんですか」

「そう。昨年の三月、戦略物資の買付が停止する。つまり、朝鮮動乱ブームもそれで終りとなった。それにかかわってきた貿易商社や繊維問屋は次次に倒産していく。それにスターリンの死が追討ちをかけたから、株価の暴落がはじまった」

秀夫は株式のことがいっさい判らない。ただ株の売買だけで生活している人も多いというが、全く理解の外である。株式に対しては、ある胡散臭さを感じ取ることができるだけだ。

東光社の東野さんは、鉄筆を置いて煙草に火をつけた。

「福長さんは株で損でもしましたか」

「いや、ぼくはもともと株なんか持っていやしない」

「いつか新庄君の会社はかなり危ないと教えてくれたことがありましたね」

「ええ、投資の配当が高すぎるから」

「それで、わたしは投資を思いとどまったんです」

「それは正しい判断でしたね。今、言ったように、スターリンが死んで株は大暴落しますよ」

福長さんは駒を並べ終ってぼんやりしている秀夫に言った。

「きみは相変らず呑気な顔をしているね」

「ぼくは株なんか持っていません」

「と言って、のほほんとはしていられなくなるぞ」

「そうなんですか」

「いいかい。きみの会社は、投資者から集めた金で、かなりの株を買っているはずだ。その株の全部が紙切れ同様になってしまったらどうなる」

「お客さんに利息が払えなくなりますね」

「利息だけじゃあない。元も返せなくなってしまう」

「くわばら、くわばら」

と、東野さんが言った。

「きみのところに投資するような人はね。皆一生懸命に働いて、こつこつと貯めたお金なんだよ」

そう説明されると、スターリンの死は対岸の火事などではない。足元に火がついたような感じだった。

「こういうときには、会社にしっかりした大元締めがいて、上手に手綱をとっていかなければならない」

そういう人物に心当たりはなかった。社員のほとんどはここ一年足らずの間に入社した者ばかりだ。森副社長からして置物みたいで金融に通じているとは思えないし、今井専務は物品購入簿を秀夫に作らせるほどだから、細かなところしか見ていない。古谷さんは入社も古いし頼りになりそうだが、なにしろ若すぎる。

九段本社にも、先が読めて会社を動かすことができる人物がいるとは思えなかった。

「新庄君は延滞利息を計算しているんだろう」

「そうです」

「それなら融資者の償還状態がよく判る」

「よくは判りませんが、いい状態ではないと思います」

「とすると、きみの会社はかなり不良債権を抱え込んでしまったらしい」

今までの話を聞いて、とても行く先に希望を持てる気持にはなれなかった。

「もしかして、社員の中に会社へ投資している人がいやぁしないかね。小遣い稼ぎのような軽い気持で、親戚などから金を集めているような」

「……いますね」

たしか、伊達女史と相馬嬢がそんな話をしていたことがあった。

「そういう人にそっと注意してやるのがいい。解約するのは今のうちだよ。すぐ手遅れになってしまう。まあ、会社のためにはならないがね。もっとも、いずれにしても潰れてしまう会社だよ」

と、福長さんは恐ろしいことを言った。会社の同人誌『若人』を作っているような場合ではない。

「弱ったなあ。ぼくは今年の三月、高校を卒業するんですよ。卒業と同時に失業者になってしまうなんて、あんまりです」

「きみの社長は今度の四月の参議院選挙に出馬しているね」

「二十五年の衆議院選挙にも立候補しました。その時は落ちましたけど」

「政治家に働きかけて街の金融機関を立法化してもらう気だったんだな」

街の金融業者は三倍融資法という法律の網をくぐって営業している。それを立法化して正当にするため、選挙に立候補したと福長さんが教えてくれたことがあった。

「今度は副社長も出馬しています」

と、秀夫は言った。福長さんは首をひねった。

「そりゃあ知らなかった。選挙事務所はどこだい」

「この会社です」

「じゃ、きみは忙しくなったろう」

「そうでもないですよ。相変らずぼくは利息の計算をしていますし、ここで息抜きもできます」

「選挙用の葉書を書かされたりはしないのかね」

「……そういう社員はいませんね」

「そりゃあ、ちょっとおかしいぞ」

「…………」

「投票日が近づいているというのに、選挙事務所も目立たないし、本気で選挙運動をしているようにも見えない。ひょっとすると、たちの悪いことを考えているかもしれない」

「どんなことですか」

「偽装候補ってやつだ。自分では当選する気がないのに立候補する」

「……なんでそんな無駄なことをするんですか」

「きみの社長、赤松と言ったね」

「赤松平治郎です」

「その赤松平治郎を有利に導くためさ。たとえば、候補者が印刷するポスターや葉書は決められた数しか使えない。それを、赤松候補に横流ししてしまう」

秀夫はびっくりした。こんなことが選挙委員会に知れたらとんでもないことになる。法の網をくぐっているという三倍融資法よりずっと悪質ではないか。

その日、三局ほど福長さんと将棋を指したのだが、秀夫は三局とも負けてしまった。


卒業式の日が来た。

教室へ入ると、むっとした暖かさだった。ダルマストーブが真っ赤に燃えていて、今にも躍りだしそうだった。

「景気がいいね」

と、秀夫が言うと、ストーブにあたっていた奥田が、空になった石炭入れを床に置いて、

「そう、今日が最後だから全部焚くことにした」

と言った。

時間になって全員が廊下に並んだ。四年生はA組とB組の二クラスで、並び順は各組が姓のアイウエオ順である。一番先頭に立たされた相沢は照れ臭そうで落ち着かない。

安倉先生の先導で二階の講堂に入ると、下級生たちが拍手で出迎えた。

全員が神妙に席に着き、しばらくすると校長が教壇に立った。

校長は小柄で赤ら顔、ずり落ちそうになる眼鏡を指で押し上げる癖がある。

――きみたちは敗戦後の混迷がまだ収まらないころ入学し、昼は社会人、夜は学生として、この四年間を生き抜いてきた。今、卒業するきみたちに言いたいことは、苦労をしてきたという顔をせず、苦学生だったことを鼻にかけずこれからの人生を歩むように。

校長の長い話を要約すれば、以上のようなものであった。

校長に代わって、教育庁から来たという、役人は、印刷した紙を取り出して棒のように読んだだけだった。あと一人、教育委員会の人が紋切り型の弁舌をして壇を下りた。卒業生はそのたびに椅子から立ったり坐ったりした。旧制中学生のために作られた椅子は小さくて、立ったり坐ったりが楽ではなかった。

在学生の送辞に続いて、卒業生の代表の答辞。答辞は如月だった。演劇部で鍛えられた

泣かせたという。

言葉の声量と調子は圧巻であった。あとで聞くと、後ろの席にいた女生徒たちをそうとう
優等生は如月と結城。女子では安東女史であった。

次の表彰は皆勤賞である。

えっ？　四年間皆勤した奴がいるのか！

如月と結城の優等は予想のうちだった。安東女史は女性でよくやったと拍手をしたくなる。だが、皆勤した生徒がいるとは思わなかった。

皆勤賞を手にしたのは、奥田と寺内だった。奥田は秀才型の努力家で、寺内はいつもは目立たない生徒だった。

「おれ、賞状なんかもらったことがなかったから、式の間中、心臓がどきどきして落ち着かなかった」

寺内はあとでそう述懐した。

式は終りに近づき、在学生が「蛍の光」をうたい、卒業生が「別れのワルツ」を合唱する。その声が講堂に反響し、身体の芯にまで共鳴したとき、全く思いがけず鼻の奥がつんと痛くなった。

卒業生から記念品の贈呈。記念品は額縁だった。

この記念品を決めるにも、委員会でそうとうに紆余曲折があった。はじめ、運動会の優

勝旗を記念品とする案が有力だったが、予算の折合いがつかず、平凡な額縁を贈ることで落ち着いた。

　式が終って全員が教室に戻ると、安倉先生が成績通知表を携えて入って来た。

「もうきみたちは卒業したのだから、呼ぶときには〝くん〟をつける」

などと言いながら、一人一人に通知表を手渡した。

　秀夫は自分の通知表を開けると、すぐ赤点が目に飛び込んできた。生まれて初めての赤点をもらったのだが、それだけ学校を怠けていた証拠だと痛感した。成績表と一緒に、卒業証書、卒業記念のベルトのバックルと、アルバムが渡された。

　アルバムはできがいいとは言えなかった。厚い表紙が変にぶかぶかしている上、全体がまだ乾ききっていない手触りで、卒業式に無理矢理間に合わせたといった感じだった。

　すべての日程が終ると、学校の玄関先で、自然に演劇部の顔触れが揃った。すぐには別れがたい気持で、誰からともなく珈琲でも飲もうということになり、ぞろぞろ九段坂を下りて神保町に向かった。

　総勢十人ほど、秀夫が行きつけの〈キャノール〉や、望月がよく出入りする〈らどりお〉では狭すぎる。神田日活館の横に〈ドォーン〉という広い喫茶店があった。

　明るい蛍光灯にシュロの植木鉢、赤いレザーの椅子といった調子で、風格のある造りではないが、十人がゆったりできるコーナーがあった。

「世の中、不況だ不況だというが、皆でこうして珈琲が飲める。前から思うとずいぶん贅沢になったね」

と、映画マニアの大月が言った。

「そう、おれの店では高級品が売れていくね」

奥田も大月に話を合わせた。奥田は神楽坂にある唐楽苑という瀬戸物屋の住込み店員だった。

「不況だと騒いでいるのは、朝鮮特需で儲けた一部の人たちだけだ」

と、秀夫は第二ビルの福長さんの請売りをした。奥田は記念アルバムを拡げて、

「この全員の記念写真ね。皆、きちんとした黒の詰襟の服を着ているだろう。おれは入学したときの、四年前の写真を覚えているんだが、学生服を着ていたのは半数だった。あとはまだ戦時中の国民服を後生大事に着ていたよ」

「そのころ、給食で牛乳が出たね」

と、秀夫が言った。

「ああ、進駐軍払下げの脱脂粉乳という奴。粉っぽくて、皆、鼻をつまんで飲んでいたね」

「学校の食堂にパン屋が開店したのはいつだった?」

と、奥田が訊いた。

「二年生の頃じゃないかな。それまでは、弁当を持って会社へ行っていた」

と、秀夫が言った。

「外食は食券制だった。それがなくなって、食堂にパン屋はうどん屋も開業したんだ」

「冬の寒かったこと、まだ覚えているわ」

と、菅千鶴子女史が言った。

「なにしろ、ストーブもなく、窓ガラスは割れたままで風が吹き込むでしょう。仕方がないから窓に鞄を立てかけて風を防いでいたの。皆、オーバーが脱げなくて、丸くなって机にかじりついていた」

「そのうち、二時間目、三時間目で体温で教室が暖かくなると、睡魔が襲ってくるんだ。そんなときでも、学校へ行って皆と会うのが生き甲斐だったね」

アルバムの記念写真を見ていた望月が言った。

「おれは入学したとき、先生の言葉を覚えている。今、ここにいる生徒が卒業するときには、半数に減っていると言ったんだ」

秀夫が言った。

「それは外れたね。むしろ入学したときより卒業式の方がふえている。はじめ二人だった女子生徒は五人にもなっている。まずは一幕目が終ったね」

「これからは、大学があるでしょう」

「いや、おれは大学へは進まないことにした」

「……なぜ？」

「努力が嫌いだから。勉強もぞっとしないしね」

「じゃ、どうするの？」

「どうもしない。ただ、会社へ行くだけ」

「……判ったわ。新庄さん、あなたは大望を持っているんでしょう」

「拙者は大望のある身——仇討ちみたいだな」

「とぼけてもだめよ。あなたは絵の道に進むつもりね」

「まあ、その気はなくもないが、とにかく今も言ったように、おれは怠け者だから」

千鶴子女史はそばにいる大月に言った。

「ツキちゃんは映画監督でしょう」

「うん、早稲田大学で演劇を勉強しようと思うんだ」

「ラギちゃんは役者さんね」

如月は俳優座養成所の試験を受けてみるつもりだ、と言った。千鶴子女史は急にしんみりして、

「男はいいわね。思い思いに大学へ行ったり、好きな道を目指すことができて。女はそうはいかないわ。年ごろになれば結婚して、家の中に閉じ込められてしまう。ほんとうに

つまらない」

「しかしね、男なんて思っているほど自由じゃないよ」

と秀夫が言った。

「そうかしら」

「この不況の時代に、会社が潰れでもしたら新しい勤め口なんかなかなか見つからないんだよ」

「新庄さんの会社はどんどん大きくなると言っていたでしょう」

「それが、危ないんだな。うちの会社は近いうちだめになる、と助言した人もいるんだ。そうしたら絵どころの話じゃない」

「そうだったの。聞いてみなきゃ判らないわね」

秀夫たちは〈ドォーン〉に一時間ほどいて外に出た。

寒さが身体の芯まで染みこむような夜だった。秀夫はその寒さを、高校最後の夜にふさわしい、と思った。

# 十三

会社の昼休み、秀夫は学校の卒業式で渡された、生徒会雑誌を手に取って見た。表紙は紺色を使い、ラフな感じで遊園地のジェットコースターが描かれている。気取りのない、いい絵だった。

絵を描いたのは的場だった。的場は秀夫と同じクラスだったが、一年留年して雑誌の編集に加わったようだ。

秀夫は前の年の生徒会雑誌の編集に加わっていたので、この年の生徒会雑誌の出来栄えに興味があった。

秀夫のときには今までの生徒会雑誌にはなかった、いくつかの画期的な編集を試みた。学校の近くの商店から広告を取ってきたこと、生徒の座談会にかなりのページを割いたことなどである。

さて、今年はどんな編集かと、表紙を繰ってみると、扉のオフセットの絵が目に入った。赤松常子の詩と丸木位里と俊の「原爆の図」だった。裸で天に向かって泣き叫ぶ男女の群像である。

——これはまた画期的だ。

秀夫が編集したときの雑誌の扉は前の年の運動会の写真だった。目次には学生と政治の特集が組まれている。「原爆の図」が雑誌の内容を語っているようだった。「行動ということ」という文章がある。昨年五・三〇事件の記念集会に馳せ参じた生徒が書いたものだった。

「なに、その本」

右隣の席にいる伊達女史が雑誌を覗き込んだ。

「学校の生徒会雑誌です」

「面白そうね。見せてくれる?」

伊達女史はしばらく雑誌のあちこちを見ていたが、

「なに、これ。左翼の機関誌?」

と、不服そうに言って雑誌を返した。

——そう思われても仕方がないな。

秀夫は苦笑いした。

ときどき、秀夫のクラスに来て、

「きみたちと一級下の生徒とは、まるっきり考えが違うよ。同じ国に育った人間とは思えないほどだ」

と言う教師がいた。

そんなものか、と聞き流していたのだが、それが活字になって目の前に突きつけられた感じだった。

その違いは今度の生徒会雑誌を作った主だった者が、一級下だという以外考えられない。わずか一年の差が、人の考えを大きく変えてしまっている。

秀夫たちが育った子供のころ、夢中になっていたミッキー、ポパイ、エノケン、チャップリン、怪人二十面相といったスターたちが、戦争がはじまった途端に、ことごとく姿を消してしまったのである。

秀夫たちの年代は、かろうじてそうした文化に間に合ったのだ。一年年下の子供はもう鉄製のベイゴマやアイスクリームも知らないのだ。

しかも、彼等は秀夫たちより一年、戦争に近い時代にいた。当然、戦争への反応も強かったはずで、ほとんどの生徒が過敏とも思えるほどの戦争拒否の気持を持っている。

だが、どうして反戦思想が左翼と結びついてしまうのか、その理由が判らない。

それにしても特集の文章はどれも読むのが苦痛なほど難解で面白くなかった。

「私たちの同人誌『若人』どうなったかしら」

と、伊達女史が訊いた。

「原稿の集りが悪くて、まだとても本にはなりません」

「じゃ、わたし俳句だけじゃなくて、エッセーも書いてみようかしら」

「エッセーなどとは言わないで、小説を書いたらどうですか」

「そうね。わたし、長いものを書いたことがある。体験談ですけど」

「どんな体験？」

「恋よ」

「……伊達さんならいろいろな経験をしたでしょう」

伊達女史はその言葉をお世辞だとは思わなかった。

「そうね。全部実らなかったけど、数だけはこなしたわ」

「今は？」

「わたしのことより、新庄さんはどうなの？」

「ぼくにそんな人いませんよ」

「じゃ、あの人は？　夕方になると必ず電話をかけてくる」

「……さあ」

「とぼけてもだめ。ねえ、あきちゃん」

伊達女史は首を伸ばして電話係の春本明美嬢に声をかけた。話を聞いていた明美はすぐに答えた。

「それなら、秋沢特許事務所の人」

「あの人は違いますよ。電話は仕事の連絡だけです」

「でも、いつも親しそうに話しているじゃないの」

「貸しビルのお得意さんですから粗末にはできません。あの人とは電話だけで顔も知らないんです」

「でも、声だけの恋人も素敵じゃない」

伊達女史にあってはかなわない。


四時になって会計に集まった融資者の償還金を持って、八重洲口の都民銀行へ届けに行った。

金の持運びに馴れて、このごろは自分に関係のない紙幣などただの紙の束にしか思わなくなっていたが、福長さんの話を聞いて、この償還金には小さな商店主の汗と涙がしみついている。あだやおろそかにすることのできない金だと思うようになった。

銀行の帰り道、秀夫は如月の家に寄ってみる気になった。高校の卒業式からあまり日がたっていなかったが、毎日顔を合わせていた者が離れていくと、なんとなく心淋しい気がするのだった。

如月の家は神田小川町にある小さな印刷屋で、如月は兄の印刷業を手伝っていた。ちょうど銀行から会社に戻る道筋である。

三軒長屋の真ん中。ガラス戸を開けると、インキの臭いとともに印刷機の音が聞こえた。如月は機械の向こうで兄と仕事をしていたが、秀夫の顔を見るとそばに寄ってきた。

「さっき、お前の会社に電話をしたが、留守だった。サボッていたのか」

秀夫は苦笑いした。

「なんの用だった」

「知らせておきたかったんだ。実はおれ、俳優座の養成所の試験に合格したんだ」

これにはびっくりした。嬉しい驚きである。

「そりゃ、おめでとう。俳優座を目指すとは聞いたが、受験したとは知らなかった」

「うん、落ちると恥ずかしいから、黙っていたんだ」

如月は演劇部の公演で主役を務めたほど、部活動に熱心だったが、本気でその道を進もうとしていたとは思わなかった。

「俳優座というと試験の競争率は並の大学どころじゃないな」

「うん、五百五十人受験して、第一次にパスしたのは五十人だった」

第一次試験ですでに十倍以上の受験者が押し寄せたのだ。

如月はいつになく饒舌だった。話し方にも熱がこもる。

「しかしね、第一次をパスしたとき、ふしぎに自信がついた」

「……試験はペーパーテストだけじゃなかったんだろう」

「うん、実技をやらされた。パントマイムでね、海水パンツ一枚だけなんだ。試験場では目の前にお偉方が二十人も目を光らせているんだ。ひどくあがったね」

「お前は舞台じゃ度胸のいい方だったじゃないか」

「ああいう場所は特別だよ。一番参ったのは音感のテストでね。ピアノを弾く先生がお婆さんでこれがおっかない。大声でガミガミ怒鳴るんだ」

「昔、おれの小学校にもそういうお婆さんの先生がいたなあ」

「合格してこういう先生に教えられると思うとうんざりしたね」

「女の受験生もいたんだろ」

「うん、皆、美人ばかりだった」

「それだな。お前はそれを見て張り切ったんだ」

如月は笑った。いつも見馴れた笑顔だったが、改めて見るといい顔をしている。

「早速、合格祝いの会をしなきゃな。夕方、〈キャノール〉で落ち合おう」

「ほかの連中で大学に合格したのはいるかい」

「まだ、誰も連絡してこない」

「大月など合格したらその場で電話をよこすはずじゃないか」

「うん、連絡のないのはきっと駄目だったんだろう」

「あとは成瀬と望月か」

「まず、お前だけでも合格したので鼻が高いよ。もし、全員が落ちたとすると、演劇部の連中は遊びすぎたからだめなんだと、陰口をたたかれる」

社に戻ると電話係の明美嬢が、

「さっき、如月さんと大月さんという人から電話があったわ」

と、言った。

「また、後でかけなおすと言っていた」

しばらくすると大月から電話がかかってきて、

「おれ、試験はラリコッパイだった」

と言った。

大月は江戸語の試験だったら満点が取れる男だ。如月が俳優座の試験に合格した、と秀夫が言うと、

「そりゃ、凄い」

電話の向こうで大月が目を丸くする姿が見えそうだった。

六時前後、大月と如月が〈キャノール〉へ現れた。

「運が良かったのさ」

と、如月は謙虚だった。

「受験生じゃおれなんかが一番若くてね。皆、もう立派な芸術家然としている。その中に入るとおれがほんとうの子供に見えたね」

それだけに、合格したときの嬉しさは格別だった。試験場から家へ電話をしたときには涙が出てならなかった。

「善は急げだ。これから皆で合格祝いをやろう」

大月は〈キャノール〉の電話を借り、奥田に電話をかけた。

奥田は神楽坂にある瀬戸物店、唐楽苑に住込みで働いていた。唐楽苑は学校に近いこと、わずか二畳だが奥田の部屋があること、店の主人夫婦が学生に理解があることなどの理由で、秀夫の仲間はしょっちゅう店に出入りしていた。

電話をかけ終えると大月は今、ちょうど店に望月と成瀬が来ているから、これから行ってみようと言った。

唐楽苑は間口二間ほどの明るい店で、主に有田焼の磁器を扱っていた。奥田は店の奥にある事務所で、瀬戸物の荷を解きながら、望月と成瀬と話をしているところだった。

秀夫たちがレジの前に坐っている店の主人に挨拶をすると、主人は如月に俳優座合格おめでとうと言ってから、

「しかし、試験も大変だっただろうが、俳優さんとなると普通のサラリーマンじゃない。

実力の世界だから、これからが厳しいよ」

と、助言した。如月は真面目な顔で、

「ええ、覚悟をしています。きっとやり通します」

と、答えた。主人はにこっとして、

「まあ、そうむきになることもない。楽しくやることですね」

と、言った。

事務所で働いていた奥田が言った。

「先に〈やなぎ〉で待っていてくれないか。おれは店を閉めてから行く」

〈やなぎ〉は飯田橋駅の陸橋の袂にある居酒屋だった。奥田は店を閉め、湯屋に行った帰り〈やなぎ〉で焼酎を飲む習慣ができていた。

店の前にひょろりとした柳の木が立っている。店の名はそれに由来しているらしい。

カウンターの前の丸椅子は十足足らず、その後ろに小さな膳を二つほど置いた畳の座敷がある。

主人はでっぷりした大きな男で、奥さんはお腹が大きい。店で働いているのはこの夫婦だけだった。

焼酎のコップが空になるころ、奥田がやって来た。

あらためて如月のために乾杯する。

「劇団員になると給料をもらえるのか」

と、望月が訊いた。

「舞台に出られるようになるまでは、まあ無給だね」

「しかし、印刷屋を続けるわけにもいかない」

「うん、当分の間、アルバイトでやっていくしかない」

望月は大月に言った。

「お前、勤め先は決まったか」

「いや、まだだ」

「今、なにをしている」

「映画のシナリオを書いているんだ」

「ほう……どんなシナリオだい」

「切支丹《きりしたん》もの。天草四郎が主人公で島原の乱を書こうと思って、今、調べものをしているんだ」

「じゃ、まだシナリオに手がついていない」

「まぁ、な」

「勤める気はあるんだろう」

「ああ、そろそろ退職金も底をつきはじめたし、失業保険だけじゃ食っていけない」

「じゃ、おれのところに来ないか」

「今堂《こんどう》書店はそんなに忙しくなったのか」

「いや、人手が足りないんじゃないんだ。おれ、しばらく大阪へ行こうと思っているんだ」

「大阪に、なにかあるのか」

「うん、昔の友達から声がかかっている。大阪も見ておきたいしね」

秀夫は望月の気持が判るような気がした。ひとつところでじっとしていられない質なのだ。大月の決断は早かった。

「じゃ、今堂書店に世話をしてくれないか」

「そのかわり、親父は人遣いがめっぽう荒いよ」

勤めて間もないころ、主人は望月に大量の医学関係の本をリヤカーに積ませ、

「これを横浜まで運んできなさい」

と、言いつけた。望月は少なからず驚いて、

「横浜ですか」

と、訊き返すと、主人は平然として、

「地続きだ」

と言ったという。そんな話を聞かされていたので大月も今堂書店のことはよく知ってい

る。しかし、就職難の時代だから、急にいい職場が見つかるはずはない。高校を卒業して、一人一人それぞれの人生が変りつつあるのである。昼間は仕事、夜は学校という充実した日日が、夜の部分がぽっかりと空洞になったのだ。大学へ進学すれば問題はないのだが、進学につまずいた者は空洞の居心地悪さを埋めるため、望月は大阪行きを思い立ち、大月は新しい職場に就こうとしているのである。

秀夫の場合、勤めが第二ビルの受付から、金融部へ移されたことで、新しい気分になることができた。もし、まだ第二ビルにとどまっていたら、その逼塞《ひっそく》感に堪えられず、つてを求めて違う職場を探していたかもしれない。

「おれも家を出て下宿をするつもりなんだ」

と、成瀬が言った。

「一間しかないおれの家と違い、お前のところは広いじゃないか」

と、秀夫が言うと、

「いや、やはり家ではどうしても勉強に実が入らない。おれはどうしても来年は慶應大学に合格しなけりゃならない。そのために独りきりになってみっちり受験に備えるつもりなんだ」

秀夫はその意気込みに感心してしまった。

〈やなぎ〉の窓から、市ヶ谷方面の中央線の電車のレールが見える。終電車の時刻になり、気をつけていると終電車の赤いランプが見えてきた。

急いで〈やなぎ〉を出、駅の改札口を通って長い陸橋を駈け抜ける。そうしなければ電車に間に合わないのだった。

四月十九日に日曜日は衆議院総選挙の日だが、まだ選挙権のない秀夫はラジオを聞いていると、会社の副社長、森留太郎が講談を演じるという。

これまで、森留太郎がラジオに出演したことは一度もなかったし、第一、森留太郎が講釈師だとは聞いたこともない。その上、森留太郎は今月二十四日の参議院選挙にも、全国区に無所属で立候補しているのだ。

たまたま、総選挙の当日、なぜ森留太郎がＮＨＫのラジオに出演して講釈を演じるのか判らない。単に偶然が重なったとは考えにくい。

秀夫が興味深く聞いていると、演目は「幡随院長兵衛」だった。いざ語りはじめると、その芸の下手さ加減にあきれ返った。

講釈師の前座でももっと上手に語るだろう。とにかく、声が鍛えられた芸人の声ではないし、講釈は棒読み。一つもいいところがない。こういう代物をなぜＮＨＫが放送したのかも判らない。福長さんに言わせると、森留太郎はこの前に逮捕された社長、赤松平次郎の偽装候補らしいというし、なにもかもよく判らないづくしだが、似たような例は他にもあるに違いなく、選挙そのものが黒黒したものに思えてくる。

ラジオを聞き終え、家にいても仕方がないので、ぶらりと池袋に行ってみた。ひどい砂埃である。特に西口に出る地下道がひどすぎる。

西口の広場で人の輪ができていた。中を覗いてみると香具師《やし》がおみくじを売っていた。その売り方が珍しいのだった。

人の中に混ざればほとんど目立たない中年の男で、しきりにトランプを切り混ぜているのだが、その手つきもあまり上手とはいえなかった。

一組のトランプの中から、客に一枚のカードを引かせる。香具師はそのトランプの表を見ずに当ててしまうのだった。香具師はそのトランプに相当するおみくじを売りつけるのである。どうして香具師には客のカードが判るのかさっぱり見当がつかない。

しばらく見ていると、ひとりの女性がカードに手を伸ばした。秀夫が知っている顔だった。神田神保町の喫茶店〈タイワ〉のウェイトレスだった。

大月が遠くから見るだけで満足している美人だが、その人のそばにはきちんと背広を着た背の高い男が付き添っていた。

くじを引いた女性は、男と顔を見合わせ、明るく笑った。

# 十四

五時、退社するといつもの習慣で、足は自然に神保町に向かっていた。学校は卒業してしまい、行く当てもない。

新刊本屋にはサン＝テグジュペリの『星の王子さま』の旗が立てられ、店先には本が平積みにされている。秀夫はベストセラーには興味がなく、古本屋を何軒か回って、幸田露伴の『風流艶魔伝』を手に入れた。

本屋街を歩いているうち、卒業報告をしなければならない先生がいるのに気づいた。今は高校で体育を教えている川添先生である。

川添先生は小学校の三年と四年のとき、受持ちの先生だった。先生が小学校に勤務していたのはその二年間、長い期間ではなかったが、生徒たちに強い印象を残した。川添先生が中学校に転勤すると、多くの生徒が先生を慕い、小学校を卒業して先生のいる中学校を受験したのだった。秀夫や鳩山もその仲間だった。

都電で池袋に出、私鉄に乗り換えて五つ目。はじめてのことで勝手が判らず、乗った電車が急行で、下りる駅を通り越してしまい、上りの電車で引き返すというへまをやった。駅前の商店街で手土産に菓子を買った。先生が酒豪なことを知っていたが、酒を買うだけの持合せがなかった。

商店街を抜けてしばらく行くと、道沿いに先生の名を書いた表札を見つけた。二階建ての一軒家だった。

先生は秀夫の顔を見ると「まあ、あがれ」と、言った。

玄関に続く四畳半の部屋で、先生はウイスキーを乗せた卓袱台《ちゃぶだい》を前にしていた。秀夫が挨拶をすると「お前も卒業したのだから、まず、やれ」と、言い、娘さんにコップを持って来させた。奥の方で揚げものをしている音が聞こえてくる。

「お前のことを気にしていたのだが、卒業式の日には昼間の生徒に引っ張り回されて出られなかった。それで、学校に電話をかけて、お前が卒業したことを知って安心した」

それを聞いて、秀夫は鼻のあたりがつんとしてしまった。

「先生はぼくたちが集団疎開したときも、心配して疎開地まで来てくれましたね」

「うん。五年生のときだったな。あのころ、五年生といえばまだ子供だ。東京の家族と離れ離れになって、べそでもかいているんじゃないかと思った」

「久し振りに先生と会えて、ずいぶん嬉しかったです。あのとき、先生は体操の授業をしてくれました」

「うん、疎開地では、皆、元気だったな。真っ黒に日焼けして、裸足だ。意外だったのは、皆、肥っていた」

「食べものを残さなかったんです。残すとほかのやつに食べられてしまう」

「担任の丸山先生は食糧調達にずいぶん苦心したと思う」

そのとおりだった。秀夫が食糧難で本当の飢えを感じたのは、集団疎開が解散して親元に帰ってからだった。

川添先生は沖縄の出身で豪放磊落《らいらく》、おれは東京で文部大臣になって帰ってくると宣言して故郷を立った、という。先生は体操が専門で、背は高くないが鍛え抜かれた見事な筋肉を持っている。

髭が濃く、野武士のような風格があり、つけられたニックネームが「熊さん」。面白いことに、先生が中学へ移ってからも、そのまま熊さんだった。

先生は趣味の多い人で、数学と絵画を自学自習していた。特に数学は実際に役に立ち、敗戦直後、教師が不足していたころ、先生は中学で数学を教えていたほどである。

もちろん、専門の体操の指導も勝れた技能を持っていた。秀夫は体操を苦手としていたのだが、小学生のとき先生に受け持たれて、まがりなりに鉄棒や跳び箱ができるようになった。

たとえば鉄棒で逆上がりができず苦労していると、先生は「頭が悪い」と、言った。足と頭とを同時に空に向けるからいけない。頭は逆に地面に向けなければ逆上がりにならない。そのちょっとした助言ですぐ成功するという工合だ。

その先生も髪の毛に白いものが混じるようになっていたが、酒の飲み方は若者のようだった。ウイスキーの瓶がみるみる空になっていく。

「お前、これからは大学だな」

と、先生が言った。

「それが……」

と口を濁し、

「大学は受験しませんでした」

と、答えた。

「なぜ、大学へ進まない」

先生は不服そうに言った。

「大学に行っても得るものがないように思うんです。その気になれば、大学でなくとも勉強ができます」

「それはそうだが、社会に出たとき、大学卒と高卒ではえらい差が出てくる。お前も長いこと会社勤めをしてきたから、そのくらいは判るだろう」

「はい」

「このおれがそうだった。実力があれば学歴などいらんと思っていたが、実際には違う。おれはそのために職場を転転としてきたが、いまだに校長になれない。おれの生徒には、そういう苦労を嘗《な》めさせたくない。しっかりした道を歩み、安全で確実に人生を大成させてもらいたいのだ」

どうも先生の言っている社会は違う社会のようだった。学校、官公庁、大企業などに入ればそうかもしれない。しかし、秀夫のいるところは違法すれすれの金融会社、まわりには一匹狼や詐欺師がごろごろしている。そうした人たちは人間として魅力があった。そういう社会では学歴がものを言わない。現に、文化出版社の牧さんは東大出だが、その学歴はただの飾りもののような気がする。

しかし、秀夫は反論しなかった。

「大学へ進むのか、もう一度考え直してみます」

と言うと、先生は満足そうに、

「じゃ、膳を二階に移そう」

と、娘さんに酒肴を二階に運ぶように言った。

二階の鴨居《かもい》には大小の油絵がずらりと並んでいた。二つの本箱には本がぎっしり詰まっている。

秀夫が絵を見ていると、半分は貰い物だという。説明されなくとも、先生の絵は見当がついた。迫力ある構図で細部にとらわれない。うまく描こうとしていない点もこころよかった。

二階に運ばれたウイスキーの瓶はたちまち空になり、娘さんが持ってきた一升瓶もどんどん減っていく。

先生は「お前が卒業して嬉しい」という言葉を繰り返すようになった。

「高校の四年間、よく頑張りとおした」

昔のことをいろいろ思い出す。

全生徒にはじめて紹介されたとき、先生はのっそりと小学校の講堂の壇に上がるや、大声で号令をかけた。生徒たちがびっくりして姿勢を正すと、

「気をつけい！」

「休め――」

生徒たちはこれはとんでもなくおっかない先生だ、と思った。その先生が秀夫たちの組の担任になるという。

世の中が軍国主義の時代。

小学校は国民学校と改名され、登校するにも隊伍を組み、校門には銃剣を持った生徒が左右に立っている。上級生は軍人勅諭を暗唱させられるという、万事が軍国調であった。

そうしたとき、この体操の先生は、意外にも自由の楽しさを教えた。

学校の遠足に行ったとき、市街地や電車の中では整然と列を作っていたが、郊外に出ると、先生は、

「ここからは自由に歩いてよい」

と、言った。

はじめ、その意味がよく判らなかったが、すぐ生徒たちは列を崩し、勝手に喋り合いながら楽しく目的地に進んだのだった。

はじめての体操の授業もなかなかユニークだった。

「運動の基本は歩くことだ」

と言い、正しい歩行の稽古をさせられた。教えてもらわなくとも、誰でも歩いているじゃないか。はじめはばかにしていたのだが、姿勢を正して美しく歩くとなると、これがかなり難しいのだった。

「先生はパステルを調達してくれたことがありましたね」

「……絵を描くときのパステルか」

「ええ。四角いパステルで五十色、桐の箱に入った贅沢なものでした」

「そう。もう戦争で物資がどんどんなくなっていったころだ」

「玩具とか学用品がまず不足するようになりました。クレパスなどデパートでばら売りをしていたのを覚えています」

「うん。見ているど子供たちの学用品の使い方がけち臭くなっていた。そこで、子供に思い切って絵を描かせたかったんだ」

「でも先生、あのパステルはあまりに高級すぎましたよ。勿体なくて使えない。集団疎開に持っていって、ほとんど使わずに持ち帰りました。しばらくして箱を開けてみると、すっかり油気が抜けてぱさぱさで使い物にならなかった」

「嫌な時代だったな。おれが小学校から中学に転職すると、中学じゃ兵隊が駐屯していて、わけのわからん将校が威張っていた。そいつが運動場を遊ばせておくのは勿体ないから、芋でも作れと言った」

「そういうのこそ芋でしょう」

「全く無知なんだな。ちゃんとした運動場というのは水はけがよくなくてはならない。そのために二メートルは掘り下げ、砂利や砂を敷いてその上に土を盛る。水はけがいいから芋や野菜などは育つわけがないのだ」

「学校のあたりは空襲で、ずいぶん焼かれましたね」

「うん、B29の大群が超低空で絨毯爆撃をしていった。爆弾は焼夷弾だったから、学校のような鉄筋コンクリート、地下室のある建物にいればまず安全だったが、空襲だからといって地下にもぐって震えてはいられない。火叩きを持って屋上に上がり、燃えている焼夷弾を片っ端から叩き消した」

「その空襲で亡くなった生徒もいたわけですね」

「……いた」

先生は急に暗い表情なった。

「せっかく学問を身につけ、これからというとき、空襲でやられてしまった生徒が何人もいた。それよりも――」

先生はコップの酒をあおった。

「自分から志願して特攻隊に入り、基地から飛び立って帰ってこなかった生徒もいる。いずれも立派な出来のいい若者だった。その中でも――」

先生は眉間に皺をつくった。

「星野少尉。実に惜しい男だった。優秀な成績で旧制高校に進学したが、卒業途中で特攻隊に入った。星野は休暇が出たというのでおれのところに来たが、これは出撃が近い、さよならを言いに来たのだと、ぴんときた。およそ軍人気質とは縁の遠い、穏やかな青年だった」

「…………」

「あとで聞くと、特攻隊員は見送りの人たちに挨拶をすませ、万歳の声、轟音の中を一機ずつ霞ヶ浦の基地から大空に飛び立っていったという。星野は一番機だった」

先生の家を出たのは夜の九時前後だった。

だいぶ酔いが回っている。秀夫は私鉄で池袋に出、そこから歩いて帰ることにした。

翌朝の新聞を拡げると、知っている人の名が出ていたのでびっくりした。

小川準一（46）和久津照（35）中村一（31）の三人で、いずれも千代田殖産に勤めていた。その上、社長の赤松平次郎の名まである。

記事によると、参議院議員候補・赤松平次郎の選挙違反を捜査中の碑文谷警察署は、九日朝、同派運動員三人を公選法違反の疑いで逮捕した。三人は同候補応援のため金品をばらまいていた、という。

昨日、川添先生が「しっかりした道を歩め」と言った翌日にもうこれである。現実社会は綺麗なことを言っていては生きていけない。食うか食われるかなのだ。

秀夫の父親も新聞を読んで、

「これでお前の会社は大丈夫なのか」

と、心配した。

それでなくとも、福長商事の福長さんが「この会社は危ない」と教えてくれたのである。早晩、潰れるものとは覚悟していたが、その時期はかなり早そうだった。だが秀夫は父親を心配させたくはない。

「社長や社員の二人や三人捕まっても、会社は大所帯だから潰れっこないよ」

そう言って会社に出た。

会社ではその話で持ちきりだった。だが、はっきりと明日を予測できる者は一人もいない。妻子のいない秀夫は呑気な方だったが、家庭を持つ社員の心配はひととおりではなかった。

中には妙なことを言い出す者がいる。

「よかった、よかった」

広告部の小宮という男だった。この小宮はいつもベレー帽をかぶり、パイプを手放さない気取り屋で、もちろん独身だ。

「社長が逮捕されて、よかったはないだろう」

と、金融部の稲川さんが言うと、小宮は皮肉そうに笑い、

「いや、会社の名が新聞に大きく出れば、それでいいんです。世の中には売名のため犯罪を犯すやつもいる」

と言った。

「良くも悪くも、社名が一般に知られればたいへんな利益ですよ。今日のこの新聞の記事と同じスペースを広告するとなると、いくらかかるか判りますか」

そばで聞いていた秀夫は、これはだめだと思い、第二ビルの福長さんのところに行った。

もちろん、福長さんは新聞記事をよく読んでいて、

「とにかく金を持っている会社だから、選挙の買収ぐらいはしたくなるよ」

と言い、

「だが、買収ぐらいだったら、罪なんて軽いほうだ」

「いつか話してくれましたね。副社長は偽装候補ですか」

「そう。副社長、何といったかね」

「森留太郎です」

「そう、その森留太郎のポスターや葉書を赤松平次郎に横流しする。あるいは選挙運動に使う資金も決められているから、それもそっくり赤松候補の方へ回してしまう。最も悪質な違反だね」

「……まだ森副社長の名は出ていませんけど」

「すると、参議院総選挙は四月二十四日だから、その日に一斉逮捕が行われると思う」

どうも、聞けば聞くほど話は悪い方に転がっていく。

「それよりも、ぼくはこっちの方が気になっている」

と、福長さんは新聞の広告を指差して言った。

「例の保全経済会。このごろラジオなどでばかに派手な宣伝を繰り返しているだろう」

「景気がいいからじゃないですか」

「反対だね。ぼくはあの会社、火の車だと思う」

「そうなんですか」

「この間も話しただろう。三月にスターリンが急死して以来、株価は暴落し続けている。保全経済会は一般から集めた出資金を株式や不動産に投資し、その利益で出資者に配当しているから、こんどの株の暴落でかなり慌てているはずだ。それで、逆上したように派手な宣伝をはじめたんだ」

「それで、どうなります」

「カンフル注射だね。一時的にこの場はしのげるだろうが、基本的に会社の悪化はならない」

「うちの会社はどうなりますか」

「保全経済会と同じだね。一蓮托生だ。もっとも、今のところは大丈夫だ。保全が派手に宣伝してくれているから、かえって投資者が多くなるね。だが、その投資者がこのからくりに気付きはじめると大変だ。投資の解約者が後を絶たなくなる。いわゆる、取付け騒ぎだね」

「……それは、いつごろですか」

「まあ、今年中に、だと思うよ。秋ごろまず保全経済会がだめになる。きみのところはその後だ。今のうち行く先を考えておいた方がいいね」

秀夫は第一興信所の会田さんのことを思い出した。

「困るようなことがあったら、いつでも相談に来い、と言ってくれている人がいます」

「それは頼りになるね。きみは真面目だからいい。どんな人だい」

「もと、この事務所にいた興信所の社長さんです」

「うん、興信所ならいろいろな会社と付合いがある。ぼくも会社に顔が広いほうだが、ぼくの場合、相手に信用がなくてね」

福長さんはそう言って、うふふと笑い、

「きみと対局できるのも今のうちだな」

と、将棋の箱を取り出した。


第一ビルに戻ると待っていたように今井専務が、銀行へ遣いに行ってもらえないかね、と言った。三菱銀行神田支店のイソジマさんという人に届けてほしいと、封筒に入ったものを手渡された。

三菱銀行に行って受付にイソジマさんの名前を言うと、今井専務に似た小柄な行員が出てきて、秀夫をカウンターの奥に入れ、人気のない廊下に連れていった。秀夫が渡すと、

「今井さんによろしく言ってください」

変にペコペコして封筒を内ポケットにいれた。

社に戻ると、今度は別の銀行である。封筒の中は金か小切手らしいのだが見るわけにはいかない。

二番目の銀行でも同じだった。今井専務が名を言った行員は、これも人のいない廊下に秀夫を連れていき、封筒を渡すと何度も礼を言った。

今井専務の用件はそれだけだった。

秀夫が自分の席に着くと、隣にいる伊達女史が、

「今井専務、クビになったらしいわよ」

と、言った。

「いったい、どうしたのですか」

「なんでも詐欺に合ったらしいんですって。とても巧妙なやり方で、会社の金を取られてしまったの」

「……その金額は」

「二百万円」

秀夫はびっくりした。

「その責任を取らされたの。むりやりにクビですって」

その金額なら責任を取らされても無理はない。

それ以上のことを伊達さんは知らなかった。翌日から今井専務は姿を見せなくなった。今井専務がクビになる直前、複数の銀行員に届けたものはなんだったのか。取込み詐欺のほんとうの犯人は誰だったのか。秀夫にはわからないままだった。世間の大人は理解に苦しむことばかりする。

## 十五

「トラックに乗る人には、天丼をご馳走します」

と、稲川さんが言った。

退屈しきっていた秀夫には渡りに船だった。秀夫は参議院選挙に立候補した副社長の選挙運動のトラックに乗ることにした。

さきごろ、堂本君という若い夜学生が入社して、銀行への使いをはじめ、外回りの仕事をいっさい受け持つようになった。それで、秀夫は外に出歩くことがなくなり、一日中机にかじりついていなければならなかった。

仕事は利息の計算法を発見して以来、ずっと楽になった。といって、ほかの仕事を押しつけられてはたまらないので、無意味に算盤を動かしているのだが、一日中社屋にこもっているのはうっとうしくてならない。

受付の春本明美嬢も、

「わたしも行きますっ」

と、元気に手を挙げた。

トラックに乗る社員が決まると、さっそく、近くのそば屋から天丼が届けられた。腹ごしらえをしてトラックの荷台に乗り込む。

トラックは屋根がなく、車の前と後ろに拡声器がついていて、選挙運動員がマイクで「有権者の皆様――」と叫ぶのである。

候補者の副社長、森留太郎は黒の燕尾服で大きく名の書かれた襷をかけ、胸に大きな造花をつけている。

トラックに乗ったのは七、八名ほどで全員が乗ると車はのろのろと動きはじめた。

最初は秋葉原の青物市場だった。その入口近くに車を止め、副社長がマイクを持って弁舌をふるう。演説はラジオのときと同じ調子で、少しも面白味がなかった。

市場で働いている人たちは、はじめは何事かと思って振り返るのだが、すぐ、

――なんだ、選挙か。

というようにそっぽを向き、演説を聞こうという人はまずいなかった。

それでも、稲川さんは、

「ご静聴ありがとうございました。来たる四月二十四日の参議院選挙には、森留太郎、森留太郎をよろしくお願いします」

と、締めくくった。

車は青物市場を出て、いったん、駿河台下で演説。さらに上野から桜木町へ。桜木町は副社長の地元である。

その道中も、運動員がかわるがわるマイクを持ち、連呼を続ける。

候補者の先生を尊敬して選挙運動を買って出た人たちではない。退屈しのぎや天井に釣られて集まった運動員ばかりだから、真剣さはなく、遊び半分である。

マイクも扱い慣れていない。やたら大声を出すだけでは声が割れてしまう。その中に、よくマイクに乗る声があった。受付の明美嬢だったが、

「よく考えたら、あきちゃんは未成年じゃないのかい」

と、稲川さんが訊いた。

「ええ、わたし十七です」

明美嬢はけろりとして答えた。

「未成年者が選挙運動員をしていいのかな」

「なに、構わん」

と、副社長が言った。

「新庄さんだって未成年でしょう」

と、明美嬢が言った。

「ぼくは来月で成人です」

秀夫が言うと副社長は、

「一月ぐらいどうってことはない」

と、言った。

トラックは桜木町から白山に出て、千代田殖産建設文京営業所の前で停まり、営業所からサイダーを差し入れてもらって一息ついた。

再びトラックに乗り、下谷に出て車坂から団子坂の辺りをうろうろする。そのころになると、人に見られる気恥ずかしさもなくなり、マイクを持たない運動員は道を歩く人たちに手を振るようになった。

トラックは池之端をぐるりと周って、浅草の国際劇場の前に出、それから松屋の前に停まって副社長が一席ぶった。

たとえ面白半分でも、半日も同じトラックに乗っていると、人情が起きて副社長を当選させたい気になってくる。

松屋から今度は御徒町のアメ屋横丁のあたりで、また副社長が演説する。

トラックはまだあちこち廻るというが、秀夫は御徒町で別れて電車で社に戻った。

翌日、秀夫は会社の使いで忙しかったので選挙のトラックには乗らなかった。

九段本社から渡された金を銀座の同栄金庫に納金し、ついでに銀ブラをした。

銀座四丁目、不二越ビルの九階屋上に立つ森永の地球儀のネオン塔は、最近完成したばかりで世界一だという。そのそばには戦前からある服部時計店の大時計が時を刻んでいる。

銀座四丁目の都電停留所は交叉点の中央にあり、安全地帯に立つと文字通り銀座の中心を見物することができた。

夕方、会社を出たがやはりまっすぐ家に帰る気はしない。神楽坂の唐楽苑に寄ってみると、間中《まなか》が来ていた。店の大掃除の手伝いをしていたという。

二階の奥田の部屋に行って間中と喋っていると、宇田川が来た。皆、秀夫と同じ気持なのである。

そのうち、大月がくたくたになって現れた。二階に上がるのがやっとという感じだった。

「今堂書店、聞きしにまさるね」

と、大月が言った。

「こき使われていたんだ」

と、成瀬が言うと、大月は集まった仲間を見渡して、

「望月は大阪へ行くと言っていたが、行ったのかな」

と、言った。

望月が大阪へ発ったということを聞いた者はいなかった。

「だいぶ疲れているようだが、大丈夫なのか」

と、秀夫が訊いた。

「なに、しばらく怠けていたから、身体がなまっているんだ。慣れりゃどうってことはない」

唐楽苑が店を閉めてから、仲間はいつものように〈やなぎ〉へ行き、終電車が来るまで飲んでいた。


四月二十四日の参議院選挙の当日、会社に出勤すると、皆の声が変になっている。受付の明美嬢はほとんど声が出ない。電話機が鳴ると、

「新庄さん、お願い、出て」

無残な皺涸れ声だった。

「夕べ遅かったのかい」

と、訊くと
「ええ、規定の時間ぎりぎり、九時までトラックで廻っていたわ」

「ばかだなあ。早く抜け出せばよかったのに」

「でも、あれ、癖になるのよね。時間なんか判らなくなってしまう」

「うん、ぼくも一度トラックに乗ったからよく判るな。選挙運動中毒、お酒が途中で止まらなくなってしまうようなものだ」

「でも、きのう、新庄さんはトラックに乗らなかったわ」

「選挙のお蔭で雑用が増えたんだ。副社長が選挙違反の疑いがあるというので警察が来て、その証拠品として会社の小切手帳を持って行かれてしまったんだ。それでお金は電信為替で下ろさなければならなくなったので、昨日から神田郵便局へ何度も往復していたんだ」

「知らなかった。そうだったの」

「でも、もうお祭りはこれでお終いだ」

ところが、お終いではなかった。

その選挙当日の夕刊に、副社長・森留太郎の逮捕が大きく報じられた。来る新聞、来る新聞が、副社長の顔写真入りで、四段抜き、五段抜きの扱いである。二十四日、選挙の当日に逮捕されるだろうと言った福長商事の福長さんの予言が的中した。

その記事によって、今まで知らなかったこともはっきりした。

森留太郎は、住宅建設振興会の理事長を務め、参議院全国区改新党公認、赤松平次郎候補の選挙事務長であった。また、赤松氏の経営する千代田殖産建設の副社長でもあった。碑文谷署に公選法違反で検挙されている同殖産金融部長小川準一、立川出張所長和久津照らを使って都内十七出張所を通じて、都内で約百五十万円、全国六十の出張所を通じて、赤松候補のため五百万円の買収運動を行った疑いである。

森候補は最初から同社長の赤松候補を有利に導くための偽装候補といわれ、衆、参院選挙を通じての違反のうち、社員を使った最も悪質な例だと当局はみている。

秀夫はその記事を読んで、赤松社長の選挙運動に、百五十万、五百万という莫大な金が動いたということが信じられなかった。秀夫が森候補の選挙運動に加わって与えられたのは一杯の天丼だけであった。

会社を終えて唐楽苑を覗くと、いつもの仲間が顔を揃えていた。唐楽苑の二階から〈やなぎ〉へ、いつものように飲んで終電車。

家に帰ると小学校の同窓会の通知が届いていた。

天皇誕生日で会社は休み。

秀夫は遅く起きて冷や飯を食べた。休日は朝寝ができるが、朝飯が冷たいのでがっかりする。

昼近く家を出て同窓会に出かけた。

神田駅前の母校は中学校に変わって、小学校は昔の和泉小学校に移っていた。和泉小学校は狭く、校庭も元の学校の半分ぐらいしかない。

都電の岩本町で降り、歩いていると声をかけられた。元、神田で酒屋だった家の天野だった。チビだった天野が目を見張るほどの大男になっていた。

「声をかけられなければ誰だか判らない。びっくりするほど大きくなった」

と、秀夫が言うと、天野は笑って、

「お前だってそうだ。なにしろ七年ぶりだからなあ」

会ってみると小学生だった友達には、特別な懐かしさがあった。戦時中は集団疎開で、同じ寺の本堂で寝起きをしていた仲である。

学校の門のあたりで、桜田さんに会った。桜田さんは働き者の寮母さんだった。疎開地の寮母さんは炊事から洗濯、バリカンで生徒の頭まで刈った。

今、桜田さんは本当の母になって、二人の子供を連れていた。

「まあ、皆さん、立派になって。わたしより大きくなったじゃないの」

「お蔭さまで、あの寝小便垂れがどうにか一人前です」

「君は天野君ね」

「そうです」

「そっちは新庄君」

「はい」

桜田さんは集まってくる一人一人に声をかけた。

「あら、丸山先生がいらっしゃった。先生だけは昔と少しも変わらない」

丸山先生は昔から禿げ頭で、それ以上禿げようがないのだった。

人が集まれば思い出話になる。もちろん、疎開地の出来事で、昭和十九年の夏から二十一年の春まで、正味一年半ほどだったが、田舎の生活は辛く悲しいだけではなかった。都会育ちの子供は四季折折の土地の行事が楽しく面白かった。

裸足で田圃へ踏み込むのもはじめて。

農業用水での水遊び、縄ない、わらじ作り。寺の庭から石の地蔵さんを掘り出したこと。本堂の裏にあるその名も恐ろしげな位牌堂。悪さをした子供は窓のない暗い部屋に坐らされたのだった。

天皇陛下の終戦の詔勅放送のとき、生徒は本堂に集められてラジオを聞いた。玉音は雑音がひどく、言葉もむずかしく意味不明だったが、生徒の後ろにいた寮母さんたちは声をあげて泣いていた。

敗戦後には戦時中に絶えていた秋祭りが復活し旅芝居が来た。寺の庭にテントを建て、中で喜劇や舞踊を見せるのである。

その祭りでアンビ餅という大福が配られた。大福とは絶えて久しき対面だったが、一口かじって生徒たちは複雑な表情になった。仲の餡が甘くなく、塩味だったのだ。

食べものというと、イナゴやノビルも食べた。イナゴは田圃で取って来たものを集め、寮母さんが煎ってくれた。

ノビルは田圃の畔や土手に自生しているもの見つけて、土を払ってそのまま食べる。ラッキョウを小さくした形で、食べると辛くてにがい。これを嫌う子が多かったが、秀夫の口には合った。

幹事役の鳩山が来て、だいたいの顔が揃ったので、一部屋の教室に集まった。鳩山が一人二百円の会費を徴収して、天野と一緒に茶菓子を買ってきた。

いろいろな思い出話が弾むうち、大岩田のことが話題にのぼった。大岩田は集団疎開では一緒だったが、途中、親戚の疎開先に行き、病死したという。

散会後、有志が集まって、大岩田の家に行って、線香を供える相談がまとまった。同行者は鳩山、天野など六、七人だった。

都電で水天宮まで、そこから歩いて隅田川大橋を渡って二停留所ほど行く。

通りから入った露地の奥、まず、鳩山が玄関で挨拶をし、後から連中がぞろぞろ家の中に入った。

薄暗い六畳の仏壇に、素人が撮ったらしい大岩田の写真が飾られている。一人一人が線

香をあげると、

「皆さんよく来てくれたね」

神田で大工だった大岩田の親父さんは、おかみさんに言って酒をつけさせた。

「田舎で馴れない百姓仕事をしたのがよくなかった」

と、親父さんは口惜しそうに言って、目を手拭いで押えた。大岩田は負けず嫌いだったから、心臓を悪くするほど働いて、東京に帰ってきてから寝ついてしまった、という。

そのうち、鮨やしるこが出る。親父さんと酒の相手ができるのは天野と秀夫だけである。

「はじめのうち疎開地の学校じゃいじめられていたらしい。だが、あいつはきかん坊だったから、すぐガキ大将になり、成績も一番だった」

大工だった大岩田の親父さんと、酒屋だった天野の親父さんは飲み友達だった。二人は連れ立って子供の疎開地に面会に行くと、よく丸山先生を誘って町まで飲みに出かけた。

「その、天野の親父さんも今はいない」

天野の親父さんが若死にしたのは、大酒のためだったと、いつか天野が話していたことがあった。

大岩田の親父さんは昔を思い出しては淋しそうに笑うのだった。

あたりが暗くなりはじめたころ、大岩田の家を辞した。隅田川におぼろ月が出ている。

春の宵、ほろ酔いに加えて友がいる。このまま別れがたく、水天宮から銀座に出て、日劇の横の喫茶店に入る。

話題はいつの間にか昔話から将来の野望を語るようになっていた。スポーツ選手に憧れている者、小説を書くという者、政治家を志す者、いろいろである。いずれも明るい将来を信じている。その夢は大きく果てがない。

秀夫は友達の話を聞きながら、いつか画家の一色氏と話していたことを思い出した。

――大人の世界は甘くない、ということを知ってしまったね。だが、そういうのはもっと後でもいい。

秀夫はまだ夢を見続けていられる友達が羨ましく、ただにこにこしながら話を聞いていた。

喫茶店を出たが、話は尽きない。日比谷に出てから皇居前広場の楠公像の前のロハ台に腰をおろした。そばにいたアベックが立って離れていった。はなはだ野暮なことだが仕方がない。

池の向こうに遠く赤や青のネオンが見える。芝生には月の光が降り注いで、景色を柔らかくしている。

話は恋愛論になった。王子様とかお姫様が登場するような世界である。秀夫も同じような考えを持っていたことがあった。その四年前に引き戻されたような気がした。社会に出て過ごした四年間に、すっかり純真さが消えてしまった自分に気付いたのである。

気が付くと十一時半を過ぎていた。酒もなくて話に興が尽きないのは、子供のとき一緒だったからだろう。東京の夜景を素晴らしく思いながら、日比谷濠沿いを歩き、東京駅で皆と別れた。

その日は会社の誰もが落ち着かなくなっていた。五月十六日、朝刊各紙の三面トップに、千代田殖産建設社長・赤松平次郎の選挙違反の記事が大きく報じられているのだった。

「どうも、大変なことになったね」

稲川さんは読み終った新聞を秀夫に渡した。

不鮮明だったが赤松社長の凸版写真が見出しの横にそえられている。朝、家を出るとき、新聞にさっと目を通したのだが、改めて読むと、かなり大掛かりなたちの悪い違反だったようだ。

赤松派の選挙違反を追及している警視庁捜査二課と碑文谷署は、十五日までに約二十名の関係者を逮捕、あるいは召喚取調べを進めてきた。

今回の選挙は四月十九日の衆院選、二十四日の参院選と、二つの選挙が短時日のうちに行われたことが特徴で、その選挙形態の盲点を巧みにつかれていた。

赤松平次郎は参院全国区に立候補し、全国各地方の有力候補者に選挙資金として多額の金をおくった。地方候補者はめいめいが地方で自派の運動をする傍ら、利害の相反しない全国区候補者、赤松平次郎への投票依頼運動を行っていた。違反に連座した全国の各候補者に渡った金は、数百万ないし一千万円が選挙につぎこまれている。

一方、赤松平次郎は立候補のさい、正面から選挙戦に突入しても当選はおぼつかないとみて、副社長で腹心の森留太郎を偽装候補としてむりやりに立候補させた。福長商事の福長さんが指摘したように、選挙葉書やポスターなどを赤松平次郎に横流しするためである。選挙の当落にかかわらず、赤松氏が森氏に謝礼としておくった金は、五百万円であった。森氏は仕方なく立候補し、すでに検挙されている千代田殖産の殖産金融部長小川準一、和久津照らを使い、都内十七の出張所、全国六十の出張所を通して大がかりな買収運動を行っていた。

また、当局によれば、その多額な運動資金は、千代田殖産建設の月掛け住宅で集められた頭金、申込み金などが流用されていた。

戦後の住宅難時代に便乗した建設事業だが、その会社の金は選挙資金に費やされ、建設工事が不可能になった。この一年間工事を完成させた住宅はわずか十数戸である。

しかし、全国各地の人人からかき集めた血の出るような金のほとんどは、選挙ブローカーに食われてしまっていた。

選挙違反、金融、住宅詐欺、会社の運営悪化、明るい見通しは一つもない。

# 十六

会社の人事が大幅に変わった。

まず、選挙違反で逮捕された森副社長のあとに、九段本社から来た音川《おとかわ》さんが副社長の椅子に坐った。

音川さんは以前、土建業者で会社の顧問だったが、いつからか本社勤めになったらしい。その音川さんに命じられて、秀夫は会計の席に坐らされた。秀夫は重要な職務を与えられて戸惑ったが、あたりを見回すと音川さんの顔見知りは総務の古谷さんぐらいしかいなかった。音川さんは古くからいる秀夫を信用したのだろう。

会計は大金を扱う責任のある仕事だが、今まで鬼頭老の仕事ぶりを見ていたので、大したことはないだろうと高をくくった。煙草の好きな鬼頭老は、しょっちゅう煙をくゆらしながら窓の外を見ていた。

会計の補佐は浦木嬢で元のままだった。秀夫は玄関のカウンターに面した一番奥の席で浦木嬢と並んで腰を下ろした。

「これからよろしく。判らないことがあったら教えて下さい」

と、秀夫は浦木嬢に言った。

「難しい仕事じゃないわよ」

と、浦木嬢が笑った。

「外交が持ってきたお金を算《かぞ》えるだけだから。帳簿はわたしがつけます」

ところが、会計の仕事はそう甘くはなかった。秀夫はたちまち入金の計算と伝票の照合に忙殺されるようになってしまった。

その上、カウンターの奥の席に坐りきりである。息抜きに第二ビルに油を売りにも行けない。もちろん鬼頭老のように煙草をぷかぷかやりながらというわけにはいかない。浦木嬢に訊くと、鬼頭老は本職の会計士で、よその会社を定年退職後入社した人だという。なるほど、本職は違うものだと、秀夫は感心した。

会計の仕事のほか、浦木嬢は流行に精《くわ》しく、二月から本放送が開始されたテレビなどをよく見ていて、秀夫が知らないことを訊くのに便利だった。

秀夫の家にはテレビがなく、ラジオはあっても家には寝るために帰るだけだったから、ほとんど聞いていない。

読む本は江戸時代の小説か、露伴、鏡花といった明治のもの、映画は戦前に輸入されたフランス映画が主で、これも流行の復古調に乗るためではなく、強いて時代に背を向けてのことだった。

昨年の秋、浦木嬢は襟巻きをあねさん被りのように頭に巻いて会社に現れた。

「暖かそうだね」

と秀夫が言うと、むっとしたように、

「これは、真知子巻きというの」

と、教えた。

よく聞くと、今、ラジオ連続小説の「君の名は」が大人気である。秀夫はその題名は知っていたが、このラジオ小説は映画になり、ヒロインの真知子の役を演じた、女優の岸恵子がはじめたスカーフの巻き方だという。

そのうち、真知子巻きはあっという間に流行し、若い女性が皆、真知子巻きで町を歩くようになった。

同じころ、よく「ジェスチャー」という言葉を耳にするようになったが、これが判らない。そのときも浦木嬢が教えてくれた。

ジェスチャーというのはＮＨＫの人気娯楽番組で、用意された問題をレギュラーの柳家金語楼と水の江滝子《ターキー》がパントマイムで表現し、それをゲストの芸能人が当てるというものだった。

あるとき、外へ昼食を食べに行った浦木嬢が文庫本を持って、意気揚揚と帰ってきた。

「三省堂の前を歩いていたら、サイン会があったの。並んでサインをもらったわ」

本は三島由紀夫の『仮面の告白』だった。サインはきちんとした楷書で、万年筆で書かれていた。

三島は今をときめく新進気鋭の作家である。

「三島由紀夫、若くてハンサムで素敵だったわ」

だが、浦木嬢は著者のサインをもらっただけで満足し、小説を読もうとはしなかった。

会計に馴れてくると、席を抜け出すことも覚えた。もっとも、そのときには会計の手提げ金庫を大金庫にしまい、その鍵を浦木嬢にあずけてからでないと外に出られないので、よほどのとき以外、外に出られない。

その、よほどのことが起った。新宿の日活名画座で「パリ祭」の公演があるというのである。

七月十四日の一週間ほど前、鍵を浦木嬢にあずけて日活名画座に駈けつけ、三枚の前売り券を無事手に入れた。一枚を大月に、一枚を留守番をしてくれた浦木嬢に渡すためだった。

会社に戻ると昼休みの時間を過ぎていたが、午前中には金の出入りはなかった。浦木嬢から鍵を受け取って大金庫から手提げ金庫を席に戻し、名画座の切符の一枚を浦木嬢に渡した。

「よかったら観に来ませんか」

「……日活名画座ね」

浦木嬢は名画座に行ったことがなかった。一緒に行けば話は早いのだが、秀夫は照れ臭くてその気にならなかったので、場所だけを教えた。

「パリ祭」の当日、息抜きに第二ビルを覗き、帰ってみると秀夫の席に伊達女史が坐っていた。秀夫がそばに行っても女史は立とうともせず、

「浦木さんと『パリ祭』に行くんですってね」

と、なじるように言った。

「わたしも行きたいわ」

「……でも、前売りはもう売り切れていると思う」

「それとも、わたしが行くとお邪魔なのかしら」

「いや……名画座へ電話をします。キャンセルがあるかもしれない」

秀夫は電話番号を見てダイヤルを回した。半分は気休めだった。そうもしないと伊達女史がヒスを起しそうだった。案の定切符のキャンセルはなかった。

秀夫は浦木嬢より一足先に会社を出た。途中、そば屋で腹ごしらえをし、名画座の場内に入ると大月が秀夫の姿を見つけて手を振った。

「お前の席は、ここ」

大月の隣に席を取っておいてくれたのだ。

「如月が来ていた。ロビーにいると思う」

二人でロビーに出ると、黒のベレー帽にアロハシャツを着た如月と出会った。もういっぱしの芸術家の臭いがついている。

「少し痩せたかな」

「うん、だいぶ痩せた。貧相に見えるか」

「いや、前よりも精悍になった。色男でいるより、その方がずっといい」

秀夫はロビーを歩いている浦木嬢を見かけた。浦木嬢は秀夫に気づかず、そのまま場内に入っていった。

「『巴里祭』を観るのは初めてじゃないんだろう」

と、如月が大月に訊いた。

「うん、四、五回は観たと思う。だが、新庄ならもっと多く観ているはずだ」

秀夫が言った。

「回数は覚えていないがね。とにかく、クレールの映画が大好きだから。映画館のほかにも、文化の会などでクレールがかかると、飛んで行ったね」

「『巴里祭』もそうだが『最後の億万長者』もよく観たね」

と、大月が言った。

「おれは宣伝に迷わされたんだ。『最後の億万長者』がかかると、きまって〈これが日本最後の上映だ〉と映画館が宣伝するんだ」

「何度〈最後の上映〉に付き合ったかわからない」

ただ、筋を追うだけの映画なら、一度観ればそれでたくさんだ。ところが、ルネ・クレールの作品は独特のリズムがあり、それが、いい音楽に浸るような快さがあった。『巴里祭』はその特長がよく現れている一本だった。特に前半とラストの素晴らしさはちょっと類を見ないほどだ。

開演のベルが鳴り、秀夫は場内の席につき、改めてプラグラムを見た。

特別番組なので、プログラムはいつもよりも大判の週刊誌大のB５判で、表紙は東郷青児の絵。パリジェンヌとエッフェル塔が青児好みの渋い中間色で描かれている。

上映の前に女性歌手がシャンソンを唄ったが、べたべたした調子であまり感心しなかった。そのあと、パリに住んでいたという講師の話は面白かった。

生粋のパリっ子は昔の江戸っ子と似たところがあって、洒落を大切にする。たとえば、横断歩道の両側に並んでいる鋲《びょう》の外側を歩く。鋲《びょう》の内側を歩くのは野暮だという。

「もっとも、今の東京でそんな真似をしたら、たちまちカミカゼタクシーにはねられてしまいますがね」

講師は少し残念そうにそう言った。

短篇映画が二本。フランスの文化映画は、ロートレックの絵を幻想的に使ったもの。天然色の『巴里の千一夜』は本場のストリッパーがやたらに動くというだけのものだった。

短篇映画が終って『巴里祭』が上映されたが、残念なことにフィルムが相当に傷んでしまっていた。それが、あちこちで独特のリズムをこわし、索莫とした思いをした。ただ、目の前でクレールの映画が上映されることで満足しなければならなかった。

映画館を出ると、外は雨が降っていなかった。雨の場面で終る『巴里祭』を観たあとは、いつも外は雨が降っているような錯覚におそわれる。

翌日、出社すると、伊達女史が、

「ゆうべ、わたしも名画座へ行ったのよ」

と意外なことを言った。

「でも、伊達さんは切符を持っていなかったんでしょう」

「だから、中に入らなかったの。名画座の外で浦木さんと別れたの」

入場できないのを承知で、浦木さんについてきた伊達女史の気持が秀夫にはよく判らなかった。

「新庄さん、帰りは浦木さんと一緒だった?」

「……いえ」

「映画館の中では浦木さんと会ったんでしょう」

「いいえ」

「変な人ね」

「ぼくが、変ですか」

「そうよ。女性に映画を誘っておきながら、ほったらかしにするなんて」

「…………」

「あなた、浦木さんが好きなんでしょう」

「……別に」

「でも、嫌いじゃないわね。嫌いだったら映画へ誘ったりしない」

「ええ、好感は持っています」

「ここから、会社の席をごらんなさい」

言われて、秀夫は自分の席を見た。浦木嬢がまだ出社していないので、会計の席に作られているカウンターの向こうの二つのデスクは空いたままだった。

「あなたと浦木さんがあの席に並んでいると、お雛さまのお内裏さまみたいに見えるんですよ」

秀夫はそれまで気にしていなかったが、伊達女史に言われるとそのとおりだった。

秀夫はそう深い気持があったのではない。ごく、気軽に映画の切符を浦木嬢に渡したのだが、いつもお内裏さまのように並んで仕事をしている二人を見ている伊達女史は、もっと深読みをして当然だった。二人は子供同士ではないのだ。大人の男と女の付き合いは、かなり厄介なようだ。

秀夫が会社の席に着き、金庫の整理などしていると、浦木嬢が出社してきた。

「昨日はありがとう。面白かったわ」

「あの映画、フィルムが傷んでいて、見にくかったでしょう」

「そうね。骨董品みたいな映画だったわね。でも、歴史的な名画なんでしょう」

「ええ。フランスのトーキー黎明期の名作とされています」

「新庄さんは歴史を考えながら映画を観ているのね」

「そう難しくは思っていませんが」

「小説でも古いものが好きなのね。豊村さんと同じ趣味」

思いがけないとき、豊村さんの名が出たので、秀夫はどきりとした。そういえば、豊村さんがもう少し若く、秀夫の年齢に近かったら、浦木嬢ではなく豊村さんを映画に誘っていただろう。

「名画座に伊達さんもついて来ていたのよ」

と、浦木嬢は言った。

「さっき、聞きました。伊達さん、そのまま帰っていったそうですね」

「伊達さん、気分を悪くしていなかったかしら」

「あまり機嫌がよくなかったみたいです。映画が終って、浦木さんと一緒に帰らなかったと言ったら、叱られました」

浦木嬢はうふっ、と笑った。

「でも、あなたにはお友達がいたんでしょう」

「ええ。あれから飲んで歩きました」

「新庄さん、このごろ気持にゆとりができたみたいね」

「……ゆとり、ですか」

「そう。女の子を映画に誘ったり、友達とお酒を飲んだり。前は退社するとわき目も振らずに学校へ飛んで行ったでしょう」

浦木嬢はそれをゆとりだと表現したが、秀夫はただ怠惰になったとしか思えない。以前は学校に行きながら今以上に酒を飲み、映画館や劇場に入り浸っていたのだ。そして、どの遊びも真剣であった。そう昔ではなかったが、秀夫はふとそのころが懐かしくなった。もう、あの時代は二度と戻らないだろう。

盂蘭盆《うらぼん》もそろそろ終わるころ、会社に大月から電話があり、靖国神社のみたま祭りに菊五郎劇団が三番叟を奉納する、という。

九段本社に用があり、秀夫はそのついでに、一度みたま祭りを覗いたが、祭りは年年賑やかになっていた。ひどい人ごみのうえ、花火が上がり、笛や太鼓や盆踊りのけたたましいスピーカーの音、見世物小屋の呼込みや露天商の啖呵に辟易したのだった。夕方、会社を出て神保町の角で大月と落ち合うと、奉納は七時からだという。それまで時間があるので、そば屋で腹ごしらえをして、九段下から坂を登った。

昼過ぎから雨模様の空になっていて、暑さもだいぶしのぎやすかった。祭りも後半で参詣に向かう人も前日のことを思うと嘘のように少ない。注連縄《しめなわ》を張った大鳥居をくぐり、神社の境内に入ると露店商人もいず、見世物のテントもひっそりと静まって、幟《のぼり》が静かにはためいているだけだった。

玉砂利を敷きつめた広い参道の中央に、双眼鏡を持った大村益次郎の銅像が立っている。銅像を過ぎると参道の両側が明るくなった。社殿の正面まで、電球を入れた地口行灯《じぐちあんどん》がずらりと並んでいるのだ。三十センチ四方の箱形の行灯の一つ一つに奉納者の名前を書いた短冊が下げられている。

「あ、播磨屋が書いている」

大月はすぐ歌舞伎の中村吉右衛門の行灯を見つけた。

はじらうような字だった。

　菊人形すこし似ている吉右衛門　正子

「正子、というのは誰だろう」

「さあ……播磨屋に近しい人に違いない」

その隣は中村歌右衛門の行灯だったが、大月は承知しなかった。

「この短冊はなんだ」

短冊には中村右太エ門と書かれていた。

そのほか、梅幸、幸四郎、海老蔵も書や絵を寄せていたが、

「しかし、脇役の方が上手だと思わないか」

大月の言うとおりだった。多賀之丞や吉之丞の筆は舞台の名人芸を思わせるような風格を持っていた。

噺家の桂文楽は金魚と釣り人を描き、春風亭柳橋は寄席の下足札で「への一番」ととぼけ、古今亭志ん生は威勢よく鯉を一匹、これが随一の見事さだった。

力士の鏡里、栃錦、東富士などは自分の手形だった。普通の人の倍もある黒黒とした手がずらりと並んでいるのは、ちょっと不気味だった。

「いけないのもあるな」

大月がいけないと言ったのは、ラジオの人気者たちだった。筆の下手なのは仕方がない

としても、客に媚び、ここでも自分を売り込もうというのが見え透いて不快なのだ。そういう人たちは自分のサインだけが別人のように達者だった。

拝殿の前に立ち賽銭を投げて手を合わせ、仰ぐと、玉堂、大観、深水といった大御所の画家たちの行灯が並び、その周りに火を求める虫が群をなしていた。

拝殿を離れておみくじを引いた。大吉だった。

冬がれて見るかげもなき深山木は
花咲く春の待たれけるかな
ふと、拝殿の方を見ると、一心に手を合わせている女性に気づいた。

——豊村さんじゃないか。

「会社の人かい」

と、大月が言った。

「うん」

「誘って一緒に行かないか」

「いや——」

豊村さんの真摯な姿に声をかけることはできなかった。豊村さんは彫像のようにいつまでも手を合わせていた。

神楽殿は本殿の右手の奥にある。

秀夫と大月は本殿の参詣を済ませてから、右側にある門をくぐり、長い廊下沿いに歩いて神楽殿に向かった。

歩いていると、三味線の音が聞こえてきた。地口行灯に夢中になっているうち、奉納舞踊の時刻が来てしまったらしい。

あたりはすでに暗くなっている。神楽殿の舞台がわずかに明るい。秀夫と大月は人をかき分けて前に出た。

大勢の人が神楽殿を囲んで、静かに舞を見ている。行灯の重い光の中で、大川橋蔵と坂東光伸の姿が見えた。二人は黒紋付きに袴という、衣装を着けない素踊りで、清冽な感じが神前の奉納にふさわしく思えた。

神楽殿の磨かれた床に、二人の黒い影が組み合い離れる。白足袋を履いた足が心地よい拍子を踏み、足さばきを見せる。

ときどき二人は神楽殿の太い柱の陰になったが気にはならなかった。ただ、報道関係者らしい男が、やたらに無神経に写真のフラッシュを焚くのが腹立たしかった。

腹立たしいといえば、橋蔵と光伸二人だけの出演に、菊五郎劇団の名を持ち出したポスターも納得できなかった。

しかし、橋蔵と光伸は忘我の境地にあるようで、無念無想のうちに舞踊を終え、吸い込まれるように神楽殿を退いていった。

その姿が神神しく見えた。

## 十七

副社長さんの音川《おとかわ》さんは、まだ会社が鎌倉で土木建設業をしていたころ会社の顧問をしていた人で、会社でも古顔の一人だった。豪放な人で秀夫は酒に酔った音川さんの彫物を見たことがある。社長に信用されているようで、今は副社長の椅子に坐っている。

その音川さんが秀夫を呼んで、

「会計の仕事、馴れたかね」

と訊いた。

会計係に秀夫を振り当てたのが音川さんだった。

「ええ、うまくやっています」

と、秀夫が答えると、

「それに水を差すようだが、元の部署に戻ってもらいたいんだ」

「……延滞利息の計算ですか」

音川さんは声を低くした。

「実はね、君がやっていた利息の計算、相馬さんが音《ね》をあげてしまってね」

「あの仕事、面倒くさいですからね」

「そうだってね。仕事は少しも片付かない。部署を替えてくれなければ、会社を辞めるという」

会社から金を借りた融資者一人一人の償還台帳を作り、融資者が償還を滞らせたとき、延滞利息が加算される。返済は融資された翌日から日済《ひな》しで支払うことになっているので、とかく金額が細かく、延滞利息日歩四十銭の計算は大変に手間のかかる仕事だ。

秀夫は学校の数学で習った順列組合せの定理を応用することができるのに気付き、以来、計算はずいぶん楽になったが、その仕事を引き継いだ相馬嬢は、順列組合せの定理が理解できないのだった。

秀夫は会計の仕事より、利息計算の方がずっと楽だった。会計と違い、現金を扱わない点でも気分が楽である。

秀夫は昼休みに席を移した。今度は豊村さんの左隣だった。

「出戻って来ました」

豊村さんはちょっと笑った。

「こちらこそよろしく」

机の上を見ると、少しの間に綴じられた延滞利息の台帳がだいぶ増えていた。これでは新入社員の相馬嬢が悲鳴をあげるのも無理はない。その相馬嬢は秀夫の左隣で、引き続き利息計算を続けるようになった。

今度、会計の浦木嬢と並んで仕事をはじめるようになったのは貸付課にいた三井さんである。

新しく入社した社員がいる。

辻女史は株式係の岩井女史の友達だそうで、岩井女史と同じ株式係の席についた。岩井女史は和風の淑やかな美人だが、辻女史は岩井女史に劣らず美形だった。

もう一人の栗原君は色が黒くて目が大きい夜学生で、もと秀夫がそうだったように、自転車に乗って外回りの仕事を受け持っている。

福長商事の福長さんが言うように、この三月、ソ連のスターリンが死んでから株価の大暴落がはじまった。その暴落で町の金融業者が打撃を受けた。金融業者は一般の投資者から集めた出資金で、株式や不動産に投資しているからである。

中でも町の金融業の代表格、保全経済会はあわてて派手な宣伝を繰り広げ注目された。

福長さんはこれをカンフル注射だと言ったが、その宣伝効果はわずかではあるが投資者を増やした。もちろん、会社の思惑どおりにはいかない。

その影響が秀夫の会社、千代田殖産にも現れ、町の投資家が目を向けるようになったらしい。

加えて、金融業者は高配当を餌に投資者を集めている。株の利益がなくなれば、投資者に配当も与えられなくなってしまう。

秀夫が台帳を繰ってみると、各営業所が必死になってそうした投資家を勧誘し、出資金を集めていることが判った。その帳簿だけを見ていると、会社の経営は順調に思える。だが、償還金の滞りも目にあまるものがあった。

七月一〇日、朝鮮戦争が事実上休戦し、今月中には休戦協定が調印されるという。アメリカの日本からの戦時物資買付けは完全に停止した。朝鮮動乱の終ったあとの日本には企業の倒産が続出、失業者が増大している。

だが、会社の若い社員たちはまだ呑気だった。


伊達女史がメモを持って一人一人になにか訊いていたが、秀夫のところにも来て、

「これから、両国の川開きがあります。出席しますか」

と、訊いた。

両国の川沿いにあるビルを会社が手に入れ、ホテル千代田会館として営業している。ホテルは社長の息子、赤松吉彦が社長としておさまっている。その屋上で花火見物をするのだそうだ。

秀夫と浦木嬢が出席しますと言うと、伊達女史は、

「さあ、みんな、早く仕事を切り上げましょう」

と、はしゃいでいた。

だが、ただぼんやりと花火見物をするのではない。ホテル千代田会館屋上には、株主が大勢招待されているから、若い社員はその招待客を接待しなければならない。

いつも帳簿の山を前にしている仕事熱心な豊村さんも、早く机の上を片付けて花火見物の仲間に加わった。

豊村さんは皆が退社したあとでも、夜遅くまで仕事を続けているという噂だ。にもかかわらず、残業手当はまったくもらっていないという。

御茶ノ水駅までは十人ほどの社員が揃っていたが、両国駅に着くとひどい混雑で、たちまち散り散りになってしまう。

秀夫たちのグループは、豊村さんのほかに会計の三井さん、住宅部の稲川さん、原簿課の奥村さんと相馬嬢、電話係の明美嬢と栗原君だった。

そのグループも油断をするとばらばらになりそうだったが、女性たちは秀夫のそばを離

れなかった。人気があるわけではない。ホテル千代田会館の場所を知らないからだ。

まだ外は明るいが、威勢のいい音をたてて、盛んに音花火が打ち上げられている。

「いい具合に降りそうもないわね」

と、豊村さんが言った。会社を出るとき雨模様だったのだ。

ホテルに着いてエレベーターで屋上へ。

ホテルは五階建てで、周囲に高い建物はない。しかも、川沿いに建っており、花火はごく近くから打ち上げられていて、ほぼ、真上に花火が開く。秀夫はこんな近くで花火を観たことはなかった。

ホテルの屋上に出ると、豊村さんはすぐに働きはじめた。屋上の片隅にバーが開かれていて、そこに酒や肴が並んでいる。豊村さんは招待客にまんべんなく気を配り、いちいち注文を聞いてはバーを往復する。あたりが暗くなり、花火の色が美しくなりはじめても、休もうとはしない。

「もういい加減にしなさい」

見かねた秀夫がそっと声をかけた。

「お酒が欲しくなれば、自分で取りに行きますよ。酒飲みに付き合っていたらきりがありません」

「そうね。ひと休みしましょう。喉も渇いたし」

屋上にはむしろが敷かれている。秀夫は体をずらせて席を空けた。豊村さんは靴を脱いでその場所に坐った。秀夫は紙コップを渡し、ビールを注いだ。

豊村さんはビールを一口飲んで空を見上げていたが、しばらくするとあたりを見回した。

「さっきから気になっているんだけど、会計の三井さんがいないわね」

「会社を出たときは一緒でした」

と、秀夫が言った。そばにいた株式課の岩井女史が言った。

「三井さんなら両国駅を出て、すぐ家に帰ってしまったわ」

「急用ができたのかな」

「いいえ、花火が嫌いなんですって」

花火の好きな秀夫には、その気持がよく判らなかった。

「でも、最初は花火を観るつもりで一緒に来たんでしょう」

「ええ、でも、両国駅で花火の音を聞いて、気が変わったの。三井さん、あの音で戦争を思い出した、と言って」

三井さんは戦前、勤労報国隊の教官で、中国をはじめ南洋諸島を渡洋した経験があり、戦時中は軍人として各地の戦闘に加わったという。

岩井女史の話を聞いているうちにも花火の音は鳴り続ける。

「三井さんはきっといろいろな地獄を見てきたんですね」

と、秀夫が言った。

「そう、東京で空襲に遭った人も花火は嫌いね。わたしは静岡の方に疎開していたので恐い思いはしなかったんだけど、東京にいた人の話だと、Ｂ29が落とす焼夷弾は花火みたいだったそうね」

と、岩井女史が言った。

「静岡はＢ29の通り道だったんでしょう」

「ええ。何度も見ましたよ。Ｂ29は怪物みたいに大きくてふてぶてしい。それに立ち向かう日本の飛行機は蟻ぐらいにしか見えなかったわ。口惜しいけどまるで勝負にならないの」

「ぼくは疎開していてＢ29は見ませんでしたけど、空襲で東京が焼けた日、南の空が真っ赤になりました。そのときから、祖母はまだ行方不明のままです」

「一家で疎開していたわけじゃなかったのね」

「ええ、ぼくと弟が学童集団疎開。田舎に知合いがなかったものですから、両親と祖父は東京にいて、空襲で焼け出されてしまったんです」

「豊村さんも東京の人なんでしょう」

豊村さんは真面目な顔で話を聞いていたが、岩井女史に話しかけられて表情を和らげた。

「わたしは茨城県に疎開していました。母方の知り合いが霞ヶ浦に住んでいたの」

「霞ヶ浦には特攻隊の基地がありましたね」

あたりが暗くなった。はじめの一発が南の空に広がると、後は次次と色とりどりの花火が打ち上げられていった。

大輪の菊が開くと、そのあとでぱらぱらという音とともに細かな星が地上へ降りてくる。

――空襲のときの焼夷弾もこんな光だったのだろうか。

秀夫は焼夷弾という言葉から、星野少尉の名を連想した。

――星野少尉も霞ヶ浦から飛び立って行った。

「新庄さん、今、なんと言った?」

豊村さんが振り返った。秀夫のつぶやきが耳に入ったらしい。きっとした表情だった。

「星野少尉」

「その名前、どうして知っているの」

「ぼくが小学生のときの先生から聞いたんです」

「その先生の名前は?」

「川添先生」

「……お酒の好きな」

「豊村さんは川添先生を知っているんですか」

「ええ」

「星野少尉も」

「ええ」

「星野少尉は戦時中、特攻隊に入隊したそうですね」

豊村さんは黙ってしまった。

靖国神社のみたま祭りの日、豊村さんが長いこと本殿に向かって手を合わせていたことを思い出した。豊村さんは特攻隊で出撃、戦死した星野少尉の遺霊と対していたのだ。

「星野さんは東京の生まれ、家は小さな薬屋でしたが決して裕福じゃなかったわ」

豊村さんは静かに話しはじめた。

「星野さんは旧制高校の優等生でしたが、卒業途中で、飛行予科練を受けて合格、霞ヶ浦航空隊で厳しい訓練を受けました。その霞ヶ浦時代に私と知り合ったんです」

秀夫は花火の打ち上げはどうでもよくなり、豊村さんの話に聞き入った。

「わたしは茨城県の疎開先で、女子挺身隊に加わって、航空機関係の軍需工場で働いていました。星野さんは神風特別攻撃隊が結成されるのを知ると、志願して隊に入りました」

昭和二十年になると日本の軍隊の戦力は消耗していき、圧倒的な戦力を持つアメリカ軍に対抗するのは、肉弾によるしかなくなってしまったのである。特攻隊に志願する若者の全ては二十五歳以下、中には二十歳に満たない青年も多かったという。

「自分から特攻隊に飛び込んでいくような命知らずは、荒くれ者かと思うでしょうけど、そうじゃないのね。反対でごく穏やかで知性のある若者が多かった」

「星野少尉もそうだったと川添先生から聞きました」

「ええ、よく本を読む人でしたね。文学の知識が深くて絵が上手、いい趣味を持っている人でした」

もし、星野少尉が戦死を免れて復員したら、豊村さんと一緒になっていましたか——そう訊こうと思ったが口には出なかった。

「星野さんの隊が出撃と決まったとき、星野さんはわたしに会いに来ました。星野さんは何も言わなかったけれど、あ、これは出撃が近く、別れに来たのだな、とぴんときました」

その前に星野少尉は川添先生のところにも行ったのだ。

出撃の朝、女子挺身隊は広い飛行場に集まり、整列して旗を振っていたが、出発の時刻になると、列をくずして隊員たちのそばに駈け寄るのだった。

特攻隊は霞ヶ浦を飛び立ったあと、九州の知覧《ちらん》基地に降り、そこから再び南方の戦線に向かい、二度と日本に戻ってくることはなかった。

「特攻隊員で出撃を待っているうち敗戦になって、内地に復員してきた人もいるわ」

と、豊村さんは言った。

「それはまた、運がいいというか」

「そうね。人生なんて運まかせね。第二ビルに事務所を持っていた牧省平さんという人がいたわね」

「ええ、文化出版社の」

「あの人も特攻隊員の一人だったのよ」

「えっ——ほんとうですか」

文化出版社の牧省平社長は『雲は天才である』という本を出版して発禁処分されたことがあった。

「あの人も霞ヶ浦の基地にいて出撃を待っていたの。そこで星野さんとも知り合ったのね」

「ほんとうに特攻隊員で兵隊さんらしくない人もいたんですね」

「そう。特攻隊員のときは軍歌にも歌われてちやほやされていた。それが敗戦になって除隊すると特攻崩れだと変な目で見られるようになる」

「長いこと南方に行っていて、復員すると南方呆けなどと言われた兵隊さんもいました」

「よく考えれば仕方のないことよ。それまで、自分の命はないものと覚悟を決めて戦地に行ったのですから。その命が助かって、さてこれからその命で何をしたらいいのか判らない。わたしが思うのは、牧さんが発禁本を出版したのは、特攻崩れなどと言う社会への反抗だったんでしょうね」

そのとき伊達女史が紙コップを二つ持ってきた。

「だいぶ話が弾んでいたわね」

「ええ、まあ——」

秀夫は曖昧に答えた。

「どんな話をしていたの?」

「戦争のこと。渋い話です」

「それじゃつまらないわね。新庄さんも若いんですから恋の話などはどう?」

「ぼく、恋をしたことはありませんよ」

「ほら、毎日電話をかけてくる女の人がいるでしょう」

「……秋沢特許事務所の小池さんですか」

「あれからその人と会った?」

「いいえ」

「だめねえ。恋をするのならまめに誘わないと」

伊達女史は少し酔っているようだった。逆らって変にからまれると思い、秀夫はそうしますと答えた。

秀夫の煮え切らない言葉に飽き足らないようで、伊達女史は辺りを見回していたが、住宅部の石崎さんの姿を見つけて声をかけた。

石崎さんは文学青年で、伊達女史と話が合いそうだった。

石崎さんは伊達さんのそばに来ると、秀夫に言った。

「『若人』どうなったかね」

石崎さんは「社員相互の融和と啓発を図る」目的で社内同人誌の発行を企画していた。誌名はすでにでき上がっていて「若人」。これも石崎さんの案であった。

「なかなか原稿が集まらないんです。もっと皆が書いてくれないと」

と、秀夫は言った。

「わたしは俳句を作って、新庄さんに渡したわ」

と、伊達女史が自慢げに言った。俳句には自信があるようだった。

「石崎さんは小説を書いて持ってきてくれました」

と、秀夫が言った。小説と聞くと伊達女史は言葉を弾ませた。

「まあ小説を書いたの」

「いや、小説は大袈裟です。コントみたいなもんです」

と、石崎さんが言った。

「読みたいわ」

「本にならないとね。原稿の字が汚いから」

「新庄さんは読んだんでしょう」

「ええ〈ある青年の恋〉という題でした。青年の心理がよく描写されていました」

秀夫は一応ほめることにした。

「それ、石崎さんの体験なの」

「まあ、そうです」

と、石崎さんが答えた。

「小説を書くのは難しいんでしょうね」

「そんなことはないです。あったことをそのまま書けばいいんだから。俳句の作れる人なら簡単です」

「そうかしら」

「そのうえ、伊達さんは人生の経験が豊かだし」

「そうね。へんてこな恋ならずいぶんしてきたわ」

「それを書けばいいんです。変に気取らずにね」

秀夫が話し終っても二人は話し込んで立とうとしなかった。秀夫たちは二人を残してホテル千代田会館を後にした。

帰り道も人で混乱していたが、秀夫は豊村さんのそばを離れなかった。秋葉原駅で別れるとき、秀夫は自分でもびっくりするようなことを豊村さんに言った。

「ぼく、あなたのような人とならもっと話していたい」

花火の興奮と酒の酔いと雑沓の人いきれが、秀夫を大胆にさせたのである。

# 十八

朝、会社に出勤すると、ビル管理の古谷さんが、

「ご苦労だけど、今日、第二ビルの受付にいてくれないか。長佐《ちょうさ》さんが病気で欠勤したいと言ってきたんだ」

と、言った。

「長佐さん、どこが悪いんですか」

「なに、風邪で大したことはなさそうだ。ただ長佐さんも年だからね」

長佐老は六十を越している。ゴマ塩頭を短く刈り度の低い眼鏡をかけ、勤勉で真面目な人だが、融通の利かない点があって、ビルの入居者と何度かいざこざを起した。

花火の夜以来、近しくなった豊村さんのそばを離れるのはさびしい。秀夫は延滞利息の帳簿を持って第二ビルに行った。

秀夫が第二ビルの受付に坐るのは一年ぶりだった。

第二ビルに行くと、福長《ふくなが》さんが相変らず新聞を読んでいた。

東光社の東野さんは鉄筆を持ってヤスリに向かっている。創美図案社の和泉さんは版下描きに夢中だった。

窓際に秀夫の知らない人がいた。黄色い顔の唇の厚い、三年前に交通事故で亡くなった落語の三遊亭《さんゆうてい》歌笑《かしょう》に似た男で緑色の背広を着ていた。応接のコーナーに三人ほど学生服の男がいたが、この人の社員らしい。

新聞を読んでいた福長さんが、秀夫の顔を見て、

「あとで一丁やろう」

と、将棋を指す手つきをした。

秀夫はこの雑学者に訊きたいことがあった。

「三月にスターリンが死んで、今度は朝鮮動乱が収まりましたね」

と、秀夫は言った。

そのときの福長さんの話だと、昭和二十七年にアメリカは日本からの戦略物資の買付を一方的に停止したので、貿易商社や繊維問屋の倒産が相次いだ。そして今年の三月、ソ連のスターリンが死んで株価が大暴落した。

「福長さんの言うとおりでした。危機を感じた保全経済会が大宣伝を繰り広げましたが

一時的なカンフル注射でしたね」

「そう。そして七月二十七日には休戦協定調印で、朝鮮動乱は完全に終ってしまった」

「これからどうなるんでしょう」

「ははあ。暢気な君でも心配になってきたんだな。当然、不景気はまだまだ続くね。企業の倒産が続出、失業者は増えるばかりだ」

「うちの会社はどうなるでしょう」

「もちろん危ないさ。君の会社の社長と副社長は選挙に出馬して、二人とも選挙違反で逮捕されてしまったじゃないか。大きく新聞に載ったから大勢の投資家が知って、会社の信用がなくなっているよ。もちろんそんな会社に投資する者はいない。すぐにも取付け騒ぎがはじまるね」

「福長さんは秋ごろ保全経済会がだめになる、と予言しました」

「そのとおり、おれは占い師になった方がいいかな」

福長さんはそう言って、うふふと笑った。

電話がかかってきた。大洋漁網への電話だった。大洋漁網の社員になったつもりで用件をメモした。

電話を置くと、歌笑に似た男がそばに来て、

「今度、君が受付係になったの」

と、訊いた。

「いいえ。長佐さんが病気で休んでいるのでぼくが代りに来ました」

と、秀夫が言うと、歌笑に似た男はがっかりしたように、

「そうかあ。あの長佐という爺さん、頑固で困っているんだ」

「でも、真面目でいい人ですよ」

「そう、真面目すぎるんだなあ。少し余計にうちの社員が来ると、契約では一卓のデスクの定員は一人だけです、などと言う」

と、名刺を秀夫に渡した。名刺には「文化事業社　社長　綿貫宗男」としてあった。

そのうち、一人の若い男が部屋に入ってきた。

「文化事業社はここですか」

応接コーナーにいた一人がすぐ立ち上がった。

「応募者の方ですね」

文化事業社の社員は応募者を応接コーナーのソファに坐らせ、煙草を吹かしながらいろいろな質問を尋ねる。

——名前は、年齢は、住所は、学歴は、思想は？

そして、あすこにいる緑の背広を着た人のところに行きなさい、と言う。

文化事業社の応募者はそれからひっきりなしに現れた。これでは長佐老が文句を言うは

ずだ。

何人目かに秀夫の顔見知りが部屋に入ってきたのでびっくりした。夜学の同級生だった丸山だった。丸山も驚いたようで、

「お前、文化事業社に勤めていたのか」

と、言った。秀夫はいや、と言い、丸山を廊下に連れ出した。

「文化事業社は窓際で緑の背広を着た人が坐っている一つのデスクだけだよ」

「でも、部屋には何人も人がいるじゃないか」

「あれは皆違う会社の人」

「じゃ、この部屋にはいくつ会社が入っているんだい」

「デスクが全部ふさがれば十二社は入る」

丸山は顔をしかめた。今度は秀夫が訊いた。

「文化事業社というの、どんな事業をしているんだい」

「早い話が貸本屋。ただ普通の貸本屋と違うのは、社員が契約者に一軒一軒本を届けて歩くんだ」

「お前、その仕事するつもりなのか」

「ああ」

「今までの会社は？」

「ここの入社が決まったら辞めようと思っている。今の会社、気にくわないことがあってね」

「その会社、まさか雑居ビルの一卓の会社じゃないんだろう」

「まさか一卓ってことはない」

「じゃ、考え直した方がいいな。今、ひどい不景気で失業者がどんどん増えているから、少しぐらいのことは我慢して、せっかくの勤めを辞める法はない」

「そうか。ありがとう。お前がいてくれて助かった」

丸山が帰っていった後、秀夫は苦笑いした。他人の世話を焼いている場合ではない。秀夫の会社は今、崖っ縁にあるのだ。

文化事業社への応募者は、夕方まで途切れることがなかった。

翌日も長佐老は病気で欠勤。秀夫は第二ビルの受付に居つくことになった。こうなることを予想して、ミステリを持ち込んだのだが、いつものようにすらすら読めない。ページの向こうに豊村さんの顔がちらちらするのだ。こんな経験はこれまでかつてないことであった。

昼すぎ、文化事業社の社員三人が前後して出没したが、肝心の綿貫社長はいつになっても現れない。

三人の話を聞いていると、タヌキ、タヌキという言葉が繰り返し出てくる。タヌキとは何かと思っていると、どうやら綿貫社長のことを言うらしい。秀夫は綿貫氏を三遊亭歌笑に似ていると思っていたが、言われるとタヌキそっくりであった。そういえば前に第二ビルの事務所を借りていた富士映画の鈴木社長にもよく似ていた。

社長をタヌキ呼ばわりするのだから、社員たちは好感を持っていない。

夕方近くなり、しびれを切らしたように社員の一人が、

「ぼくたち、もう、帰ります」

と、秀夫に言った。

「もし社長が来たら伝えてください。ぼくたち給料をもらいに来たんですが、明日にまた出直します」

そして、憤懣やるかたないというように、

「ぼくたち、一月も働いているのに、タヌキ——社長は給料を払おうとしないんですよ。一生懸命仕事を取ってきて、ずいぶん働いているのに、電車賃も出してないんです。ひどいでしょう」

「たしか、貸本の仕事でしたね」

「そうなんです。先の見込みがないですから、退職して失業保険をもらおうかと思っているんですが、社長がいなくては離職票ももらえません」

「離職票ぐらい自分で書いたらどうですか。文化事業社のデスクの中に社印があると思

います」

と、秀夫は智慧を貸した。

社員の一人は恐る恐る文化事業社の引出しを開け、社印と社名の入った便箋を見つけだした。

「大丈夫、ぼく、社長には何も言いませんから」

と、秀夫が言うと、社員は便箋の何枚かに社印を押して、

「ありがとう、助かりました」

と帰って行ったが、綿貫氏が社員たちの失業保険を職業安定所に払っているかどうか。
三、四日経った朝、長佐老が大きなマスクをして出社した。まだ、気管支がぜいぜいしている。
「大丈夫ですか」

と、秀夫が訊くと、長佐老は机の上の帳簿を見て、

「もう熱も下がったし、薬も飲んでいるからね。君には忙しい思いをさせてしまったね」

と、言った。

その日から、豊村さんの隣の自分の席に戻ったのだが、秀夫はふしぎな心の波立ちを感じていた。

豊村さんと離れていた日日は、なんとなくもどかしい。面白いはずのミステリもついう

わの空になって、ぼんやりとしてしまう。少しも安らかな気持でいられなかった。

それが、再び豊村さんのそばに帰ってすっきりするかと思うとそうではない。息苦しいような悲しいような複雑な気持におそわれた。

秀夫は思い切って豊村さんに訊いた。

「この間、花火を見た帰りに、僕は酔って豊村さんに変なことを言いませんでしたか」

豊村さんはちょっと首を傾げた。

「あら、どんなことかしら」

「聞こえなかったのかな」

「……そうね。あの日はあたりがやかましかったから」

「それなら、よかった」

豊村さんには秀夫の言葉が聞こえていた、と思う。もしそうだとしたら、秀夫の自制をなくした言葉を聞き逃してくれたことになる。

秀夫はほっとした気持になった。といって、すっかり軽い気持になったわけではない。豊村さんを好ましいと思う気持がますます強くなった。


退社後、神保町の本屋街をぶらぶらしていると、三省堂で『奇術大鑑』という本を見つけた。

手に取ってページを繰ると、コインやトランプ、紐やハンカチといった小品奇術から、大砲から子供を撃ち出す、火を食べて口から火を噴く、人間の胴切りといった舞台奇術が一一〇数種も収載されている。編者は東京アマチュア・マジシャンズ・クラブの医学博士・宮入清四郎《みやいりせいしろう》という人であった。

定価は四五〇円。並の単行本が三冊も買える値段だったが、秀夫は思い切って買うことにした。昔から奇術には興味があったのである。


戦前、神田の家の近くに縁日が立ち、いろいろな夜店が並んだ。その夜店が途切れるあたりに古ぼけた黒っぽい絨緞を敷いて裸電球が一つ。小柄な老人がつくねんと坐って、世にも不思議な術を演じていた。

老人がありふれた紙を丸めて椀の下に入れる。と、手も触れないのに、紙玉は伏せた椀を跳ね返して外に転がりだす。と思うと、二本の箸がにょっきりと立ち上がって歩き出す。目の前で羽織の紐が這い回る。紙の幽霊が宙に浮きあがる。

それは奇術というより幻術であり、香具師《やし》は妖術師そのものであった。そして感動的なことに、その老人は妖術の種を売ってくれるという。

幼い秀夫が金を渡すと、老人は小さな紙包みを差し出した。生まれてはじめて買った奇術材料である。

「ここで開けると魔法が消えてしまうよ。家に帰って誰もいないところでそっと見るんだよ」

子供はその言葉に忠実であった。

胸をときめかせながら紙包みを開くと、なんと中からボール紙の切れ端に巻きつけられた黒い木綿糸が出てきた。紙包みの中はそれだけだった。

普通の子供ならそこですぐ捨ててしまうだろうが、秀夫は違っていた。糸の見えにくい暗がりで、いろいろなものを動かす工夫をしたのである。

次に買ったのは「不思議な碁盤」というのは文庫本ぐらいの大きさの碁盤で、この上に小銭を置き、杯を伏せると、小銭は杯の下で消えたり、現れたりする。奇術材料はとかく高いのが普通だが、これはかなり精密な細工がしてあるので、高さは感じない。

「踊るマッチ箱」は掌の上であちこちに動き、しまいには立ち上がって中箱がするすると上に開く。

その他、いろいろな街頭奇術師がいたが、中でも名人だったのは佐藤喜久治《きくじ》さんであった。佐藤さんはぐるり周囲を見物人に取り巻かれながら煙草やトランプといった手練技をさらりとこなしていた。ほかにはコインやロープ、レパートリーが意外と広い。普通、奇術師は後ろから見られるのを嫌がるものなのだが、この人はまったく気にしなかった。

この人は箱に奇術セットを入れて売っていた。セットには小冊子の奇術伝授本が入っていて、この本に佐藤奇術研究所の住所が明記してあるのが自慢である。いい加減な品は売らないという意思表示なのだ。

佐藤さんは背広にきちんとネクタイを締め、縁なし眼鏡をかけて温和な言葉を使う。顔が日焼けしている以外、まったく香具師には見えない。

奇術セットの売り方もなかなかユニークだった。佐藤さんはひとしきり奇術を実演して見せると、前にあるテーブルの下から、奇術セットを五、六個取り出し、

「さあ、今日はもうこれだけしか残っていません」

と、言うのである。

数が少ないからそのセットはすぐに売れてしまう。すると、佐藤さんは今まで奇術に使っていた煙草に火をつけ旨そうに一服する。しばらくして煙草を喫い終えると、再び奇術の実演に取りかかる。実演が終ると佐藤さんはテーブルの下から奇術セットの箱を取り出す。佐藤さんのテーブルの下には沢山の箱が用意されているのである。

寄席の色物ではアダチ竜光《りゅうこう》の奇術が評判だった。

竜光の舞台というと、黒縁の眼鏡、口髭を生やして口をへの字に曲げている。黒の燕尾服を着てゆったりと現れる姿は田舎の村長さんといった感じである。竜光は面白くもない

という顔で、ステッキやロープやシルクを見事な手捌きで披露する。気が向かなければ、演技の最中、一言も喋らずに退場してしまうときもある。

竜光の新潟弁の話術は落語よりも面白い、と聞いた人が寄席に行き、今日は奇術だけでも何も喋らなかった、と落胆して帰ったと話に聞いたことがある。

ところが、奇術が一段落つき、観客席を見渡していた竜光が「お客さん、あのね」と、にこっとするだけで、客席は笑いの渦になるのであった。

竜光の得意芸は日本でチャイナリングと呼ばれているリンキングリングである。竜光は舞台に持ってきた七、八本のリングを、そのまま全てを観客に手渡し、十分に改めさせる。観客がリングに切れ目などの怪しいところがないのを納得すると、そのリングを集めて演技にとりかかるのである。

観客が、今、自分の手で確かめたリングが竜光の手にかかるとつながったり外れたりする。その不思議さは抜群である。

奇術材料はデパートでも販売していた。秀夫は三越の奇術材料コーナーでアダチ竜光が使っているのと同じリンキングリングが並んでいるのを見つけて興奮した。後年、そのリングを手に入れることになるのだが、そのころはリングなどという大物は手に余ると思い、小品奇術を買うことで満足していた。

佐藤奇術研究所の材料もそうだが、買った道具がすぐそのまま使えるということはまずなかった。かろうじてものになるのは奇術セットの中でも一つか二つ。あとは種が判ったという利点があるだけであった。

だが、それでも奇術への愛着は失せることがない。秀夫は性懲りもせず、集団疎開で東京を離れるとき、デパートで奇術セットを買ってもらって荷物の中に入れた。

中には消えるハンカチーフ、お椀の中の碁石当てなどがあり、演芸会のとき演じて好評であった。だが、奇術は歌などと違い、同じ芸を繰り返し見せては種を見破られてしまう。

そこで、図書の棚から子供の遊び方というような本を見つけて、仲間と奇術材料を自作しはじめた。

本には「紙が一瞬のうちに燃えて灰を残さない」とか「空の箱から猫を取り出す」などという魅力たっぷりな奇術が解説されていたが、特殊な紙を作る薬品がない。疎開先の寮には猫もいない。

とりあえず手許にある紐やコップなどを使い、どうにか新ネタを作っては演芸会で披露していたのである。

三省堂で『奇術大鑑』を手に入れ、味を占めた秀夫は古本屋街を歩き回り奇術書を探した。そして、奇術書というのは極めて数が少ないことが判った。それでも、根気よく探しているうち、数点の本が手元に集まった。

中でも坂本種芳《さかもとたねよし》著『定本奇術全書』（昭和二十二年力書房）と『奇術種明かし』（昭和二

十六年理工図書）は今でも名著とされている。

『定本奇術全書』は奇術の歴史から大魔術、小奇術の紹介が満載されており、『奇術種明かし』は素っ気ない題に反して極めて高度な内容であった。とくに現代カード奇術の名作に本のページの半分を使い、目も眩むほどである。

ちょうどそのころ早川書房から翻訳もののポケットミステリの刊行がはじまった。新書判で今までにないモダンな表紙と選択の良さで、秀夫はポケットミステリのファンになった。

従来の雄鶏社のおんどりミステリーズ、推理小説専門誌『寶石』の『別冊寶石』なども刊行を続けているので、読むのが間に合わないほどになった。

秀夫はこの本を大月に読ませることにした。同病は多いほど楽しい。

# 十九

十月二十四日、保全経済会が休業した。事実上の倒産である。

秋になって、高松支店で出資者の取付騒ぎが起こり、それが動因となって全国的に波及したのだという。

振り返って秀夫の会社、千代田殖産を見ると、これはもういつ倒産してもおかしくない状態だった。

株価の暴落による経営悪化は保全経済会と同じだが、それ以上悪いことに、会社そのものが健全ではなくなっていた。

社長は中村というきびきびした四十代の男で、ついこのあいだ就任したばかり。元、三軒茶屋営業所の所長だった。今思うと、前の坂本社長は会社の危機を察知して身を退いたのだろう。

この中村社長はまだ業務に暗いのにいろいろ口を出し、社員の部署替えやデスクの配置替えを命じた。業務の変革はいたずらに混乱を招くばかりだった。

秀夫は今まで豊村さんと並んでいたのだが、今度は向き合って坐ることになった。目の前に人がいたのでは小説本を出して読みにくい。

改めてあたりを見回すと、ほとんどの社員は入社してまだ一年あまりである。建設専門だった会社が金融業に手を出し、住宅部と金融部に分かれてから社員募集が始まり、大勢の人たちが入社して、たちまち百人近くに膨れあがった。社屋が手狭になり、本社は九段に引っ越し、秀夫たち二十人ほどが神田営業所に残った。

一方、各地の営業所も増え続け、その数は三十ヶ所になっていた。これまた一年足らずのうちに増加したのである。

というように、社員や営業所の所員は急にかき集められた人たち。肝心の社長も出来星だ。古くからいる運転手の宗方さんに言わせると、有象無象、どこの馬の骨か判らない奴が入ったとたんにいい席に着いてふんぞり返っている。何かことが起きたら、ばらばらに崩れてしまいそうな集団なのである。

保全経済会が休業した次の日、秀夫が出社すると、社員たちが浮足立っていた。仕事も手につかないようだ。

秀夫は福長商事の福長《ふくなが》さんが出社する昼過ぎになるのを待って、第二ビルに行った。

福長さんは新聞を拡げていた。

「福長さんが言ったとおり、保全が休業しました」

と、秀夫は言った。

新聞は保全の理事長、伊藤斗福《いとうますとみ》の、一時休業して事態の収拾をはかりたい、という談話を載せていた。

「だが、まず無理だろうね」

と、福長さんは言った。

「保全は莫大な金を集めたはずだから、たぶん、多額の政治献金をしている。休業している間、伊藤はその政治家に働きかけ、相互金融法を立法化して街の金融機関を保護してもらう気だね」

「前にうちの社長も議員になって、街の金融への政府資金導入を立法化させようとしました」

「今度の場合も選挙が絡んでいる。二月の衆議院予算委で吉田首相がバカヤローと発言したことが問題になって、とうとう解散してしまった。そのあと選挙になったわけだが、選挙というもの、目茶苦茶に金がかかるんだ」

「それで、伊藤は政治献金しておけば、政治家が保全の立法化に協力してくれると思ったわけですね」

「そう。でももう手遅れだね。伊藤は警察に逮捕されると思う」

「出資金の返済や利息が払えなくて？」

「そうじゃなくて、詐欺罪が成立する可能性がある」

「……詐欺」

「三月にスターリンが死んで株が暴落したとき、保全の経営の見通しが悪くなったにもかかわらず、なお出資者から多額の出資金を集めていた。つまり、出資者への返済能力がなくなったのに金を集めていたのは、こりゃあ詐欺と言われても仕方がない」

「伊藤から政治献金を受け取った政治家は助けてくれないんですか」

「まず、ほんとうのことは言わないね。金を受け取ったことは喋るかもしれないが、保全から相互金融法の立法化を頼まれたとは言うまい」

「そりゃ、ひどいじゃないですか。その金は町の人たちが汗水たらして稼いだ金ですよ」

「あの連中にそんなことを言っても、まず無理だね」

「じゃ、うちの会社も同じ運命をたどるんですか」

「そう、だから会社を辞めるなら今のうちだね」

「今辞めると、給料がもらえなくなります」

「貸付の償還金は入ってこないのかい」

「ええ。皆、営業所が押え込んでいるらしいんです」

「そりゃ、参ったね」

社に戻ると地獄のような光景が待っていた。

阿佐ヶ谷営業所の山川婆さんが半狂乱のようになって泣き叫んでいるのだ。満期解約者の返済金が出ないという。会社に来ると社員たちに愛想を振りまき、いつもにこにこしている山川婆さんは、人が変わったような顔になっていた。

山川婆さんの相手になっている豊村さんがなだめすかし、しばらくして騒ぎは収まり、山川婆さんは帰って行った。それにしても半狂乱を落ち着かせた豊村さんの手際にはただ感心するばかりだ。

その日から来る日も来る日も満期解約者が来社し、ごたごたが繰り返された。秀夫は直接相手をすることはなかったが、机の上に焦げついた貸付の台帳を見、絶えず金のいさかいを目にし、気が滅入るばかりであった。

気がつくと十二月二十四日、クリスマスイブになっていた。暦を見ると大安吉日である。もしかするといいことがあるかもしれないと思っていると、やっと十一月分の給料の四分の一かが渡された。

年年、銀座のイブの賑わいは盛大になっていく、と新聞は煽りたてるが、秀夫は騒ぎを見に行く気にもなれない。

悲惨な有様になってしまった会社を逃れ、〈キャノール〉で落ち着くことにした。この喫茶店だけはイブだからといってはしゃぎはしない。ただ、いつもより照明を落とし、各テーブルにキャンドルを立ててあるだけであった。

思えばずいぶん長かったものだ。

昭和二十四年、中学を卒業してから、嫌というほど職業安定所に通い、七月になってやっと千代田建設の菊地さんに採用してもらって社員になった。それから足掛け五年、神保町と会社の道を何度通ったことか。

その間に道の両側がすっかり立派に建て替えられた。栗田書店、湯屋、八百屋、自転車屋、そしてこの〈キャノール〉も新しくなった。

はじめのうちは電話のかけ方も判らないほど社会のことに無知だったが、雑居ビル受付をしていたので大勢の人と会い、雑多なことを教えてもらった。どれも、学校に行っていては知り得ないことばかりである。

それを思えばもらえなかった給料はその授業料だと考えればいい。安い礼金である、と納得するしかない。

会社には三十日まで出勤した。給料が払えるかもしれない、と中村社長が言ったからである。あまり当てにはできないが、家にぶらぶらしていても仕方がない。昼近くなってから外に出た。

もう通勤するものもいない。電車は空いていて、驚くほど早く神保町に着いた。途中でそばを食い、社に行くと豊村さん、伊達女史、岩井女史、辻女史、石崎さん、明ちゃん、栗原君などがストーブを囲んで話し合っていた。

しばらく待っていると、中村社長が現れて、残念だが給料の支払いはできなくなった、と告げた。

そう言われて、はい、そうですか、と席を立つ若い社員はいない。

同病相憐れむというか、同じ逆境にある者同士は友情が深くなるものらしい。扶養家族のいない若者ばかりだから苦境にあってもそう気落ちしないのである。しばらく談笑してから腰を上げた。

皆、連れ立って神保町の三省堂の角まで来た。

「じゃ、よいお年を」

とうていいい正月にならないのが判っているが、そんな冗談を言って笑い合った。

皆は御茶ノ水駅へ。秀夫も御茶ノ水駅の方が近いのだが、豊村さんを一人にさせておきたくはなかった。皆と別れ豊村さんと神田駅まで歩くことにした。

途中、四、五歳ぐらいの女の子が、髪を唐人髷《とうじんまげ》に結い、赤い着物を着て、家のガラス戸を開けたり閉めたりしていた。

「ほんとうに、もうお正月なのね」

と、豊村さんは言った。

「お正月に何をするつもりですか」

「たぶん、フテ寝をしているでしょうね」

豊村さんは笑った。

大晦日は大塚日の出町の大月勝治の下宿で過ごした。二人で相談し、酒を五合買った。酒が少なくなるにつれて昭和二十八年も段段なくなっていく。ラジオの紅白歌合戦は紅組が勝った。酒のなくなるころ、除夜の鐘が鳴りはじめた。

ひどい年の終りだった。来年も早早に苦しいだろう。新年の気構えもない。とうとう年賀状を一枚も書かなかった。五合の酒ではとても足らなかった。

暮れのうち会社に泊り込んで仕事をしていた弟が、元日の朝ひょっこり現れ、金のない秀夫に千円札を一枚渡してプイと遊びに行ってしまった。母親はそんな弟を心配し、給料ももらえない秀夫にやきもきしている。

一月二日、皇居二重橋に集まった三十八万人の参賀者の人波に混乱が生じ、パニック状態が起って十六人が圧死した。

なにやら、不吉な年明けである。秀夫はうんざりして、久し振りに映画を観る気になった。近所の映画館で「君の名は」とチャンバラ映画の二本立て。気晴らしに観るのにちょうどいい、理屈抜きの活動映画である。

早朝割引を当てにして行ったのだが、正月興行で割引はなし。はじめのうち観客はまばらだったが、またたくうちに超満員になり、ドアの外にも観客がはみ出したのには驚いた。

一月八日、年が明けてはじめて会社に出勤した。仕事はないのだが、今年は会社がどうなっていくのか、やはり気にかかる。

会社ではいつもの連中とストーブを囲み、昼には外に出てそばを食い、喫茶店に入るのを倹約して東京堂の二階の休憩所で一服した。金がなくなると、貧乏臭い知恵が出るものである。悲しくなってしまう。

会社に戻ると受付にいる明美嬢が、

「わたしたち、クビになったわよ」

と、言った。

「社長に言い渡されたのかい」

「ええ、クビの人と居残る人と。わたしや新庄さんはクビの組」

いずれ会社を辞めるだろうとは覚悟していたが、正月早早とは情けない。

よく聞くと、居残り組は古谷さん、稲川さん、石崎さん、豊村さん、伊達女史、岩井女史、辻女史など十人ほどで、あとはクビの組だという。

「明日、離職票が出るそうよ。それがないと失業保険がもらえないんですって」

明美嬢はそう付け加えた。

翌日、会社に行くと、職業安定所に納入しなければならない失業保険料を滞納しているので、金は出ないという。

会計の三井さんが保険料の係だった。

「月曜日にはきっと離職票を取り寄せます。月曜日に来てください」

と、三井さんは言った。

クビの連中はむっとしたような顔をして帰っていった。

会社の中を見回すとだいぶ様子が変わっていた。

元、秀夫がいた場所に豊村さんが坐っている。三人ほどの新顔は三軒茶屋営業所から来た社員だという。中村社長の乗っ取りは着着と進んでいるようである。月曜日の昼近く、会社に顔を出すとまだクビ組の連中は来ていない。三井さんの顔も見えない。

浦木嬢が今年はじめて出社していた。正月は九州の実家に行っていて、昨日帰ってきたのだという。

電話のそばには明美嬢がぽつねんと坐っていた。

「さっき、三井さんから電話があったわ。職安と交渉が長引いているから、もう少し待っていてくださいって」

そして、

「豊村さんも辞めたわ」

と言い、社長室の方を指差して小声になった。

「土曜日にね、社長とやり合ったの。豊村さん怒ってね。もうここへは来ませんと言ったわ」

いずれ別れなければならなくなるとは思っていたが、挨拶もないのはひどすぎる。秀夫は全身の力が抜けたようになって、ふらりと外へ出た。神保町へ出て昼食にしようと思ったのだ。

秀夫が栗田書店の前にさしかかったとき、前に豊村さんの姿が見えた。秀夫ははっとし

て駈け寄りざま、

「会社、辞めたんですってね」

と、声をかけた。豊村さんはびっくりしたように目を大きくして秀夫を見て立ち止まった。

「驚いたわ。大きな声」

「ごめんなさい。もう会えなくなったかと思って」

「会社がこんな状態ですからね。いつ会えなくなってもおかしくないわ」

「でも、ぼくはきちんとお別れを言わないと嫌なんです」

「どんなときお別れを言えばいいの」

秀夫はわざと冗談めかして言った。

「……列車の窓とホームの上かなあ。あなたが乗った列車が動き始めると、ぼくはホームの上でいつまでも見送っているんです」

「まるで映画みたいね」

豊村さんは会社の方を見た。

「わたし、離職票をもらいに来たの」

「それだったら、三井さんが取りに行っていて、まだ帰ってきません」

「そうなの。あなたはどこへ行くの」

「食事です」

「それなら、付き合いましょう」

豊村さんは秀夫と歩を共にし、今来た道を引き返した。

「中村社長と渡り合ったんですってね」

「ええ。あまり筋違いなことを言うから。でも、あなたがいなくてよかった」

「どうして」

「わたし、怒ると般若みたいな顔になるから」

神保町すずらん通りの〈のんき〉。いつか退職する社員のお別れの会を開いたところである。秀夫はカツ丼がいいと言うと、豊村さんも同じものを注文した。

「職安に行くとね。就職口を紹介してくれるわ」

「……ぼくはこの際、しばらく休んでいたいんです」

「そんなこと職安で言っちゃだめよ。働く意志のない人は、失業保険を受けられないのよ」

「豊村さんはすぐ就職口を探すんですか」

「ええ。もっともわたしは若くないから、なかなか見つからないでしょうけれど」

会社に戻ると、三井さんが帰ってきていて、離職票を渡してくれた。

もうこれで会社に来ることもない。秀夫は机の上を片付け、帳簿を整理した。仕事が全部終ると五時になっていた。

秀夫が外に出ると、豊村さんが追ってきた。

「なぜ、さよならを言わないの」

「あなたと別れたくないから」

「じゃ、わたしも言わないわ。お疲れさま」

「――ご苦労さま」


翌朝、九時に家を出て池袋職業安定所へ行った。

職安は木造の平家で、カウンターの外は失業者であふれていた。係に離職票を渡すと、思ったより早く名を呼ばれた。

まず、求職の面接である。

「これまでずっと事務をやってきましたから、できれば事務関係の仕事がしたいです」

と、秀夫は言った。

保険金は来週より毎週支給され、千四百円。米穀通帳と印鑑が必要だという。

職安を出て喫茶店で一服したい気持だが、懐には珈琲《コーヒー》代もなかった。仕方なく春日通りを歩いていると後ろから声をかけられた。

「新庄君じゃないか。若いのに元気のない歩き方をしているな」

見ると挿絵画家の一色氏だった。一色氏は一昨年まで中央挿絵家集団の一員で、第二ビルに事務所を持っていた。

「今日は会社は休みかい」

一色氏は白いケント紙を丸めて持っていた。池袋で買ってきたのだろう。

「会社は今年になってから潰れてしまいました」

「そうか。君の会社は金融業だったたな。保全経済会のあおりを食ったんだ」

「それで今、職安に行って失業保険をもらう手続きをしてきたんです」

「すると、今何もしていないわけだ」

「退屈で困っています」

「じゃ、ちょっとおれのところへ寄らないか。この先、大塚辻町の手前なんだ」

春日通りには近いうち地下鉄が開通する。辻町のあたりは交通の便が良くなるはずだ。

一色氏のアパートは大きな材木商の二階だった。外階段から二階に登ると、廊下の片側に六つほどの部屋が並んでいた。一色氏の部屋は一番手前の角部屋だった。

一色氏がいつか話した十坪のアトリエにはほど遠い。しかし中は1DKだが新築らしくどこも真新しかった。

一色夫人はまだ若く目のぱっちりした色白の美人だった。窓際に机があり、描きかけの時代物の絵が載っていた。火鉢が一つ、十七インチのテレビが一台。新婚ほやほやの部屋である。

一色氏は机の前に坐った。

「この男はね、おれが挿絵家集団にいたとき、事務所にいて世話になった新庄君という」

と、一色氏は夫人に言った。

「だが、目下浪人中。この近くに住んでいるそうだ」

秀夫は一色夫人にどうぞよろしく、と頭を下げた。

一色夫人はキッチンに立って茶をいれはじめた。

「今ね、少年向けの絵物語を描いている。〈紫頭巾〉といって、これがなかなか人気があるんだ」

一色氏は机の上のあった絵を秀夫の方に向けた。鞍馬天狗のような頭巾をかぶった侍が刀を抜いて身構えているところだ。

「きみ、退屈しているならおれの仕事を手伝わないか。きみは絵心があるんだろう。はじめのうちはおれの絵の背景などを描いて、そのうち努力次第では一本立ちができる。返事は今でなくっていい」

とすると、失業保険をもらって遊んではいられなくなるかもしれない。

# 二十

昭和二十九年は正月早早、二重橋事件で驚かされたが、生活面では好、不況の波もなく日用必需品の不足も緩和し、生産、流通などの面でもほぼ戦前の水準へ回復していた。

秀夫の会社のような例は別として、街を歩く人人の服装もこざっぱりしている。前の年、ミスユニバース世界大会で三位に入賞した伊藤絹子の八頭身スタイルがそれを象徴している。

呉服関係の業界も少しずつ立ちなおり、秀夫の父の模様師の仕事も増えはじめてきた。

一月二十日、地下鉄丸ノ内線が完成し、営業をはじめた。戦後初の地下鉄開通だという。地下鉄は池袋駅から御茶ノ水間、六つの駅が開業した。

家にいても池袋駅で打ち上げている花火の音が聞こえてくる。自然に尻がむずむずしてくる。

秀夫は祭り好きに加え、地下鉄には特別の思い入れがある。

子供の頃、神田で育った秀夫は、よく地下鉄銀座線に乗った。昭和二年に開業したこの銀座線は、東洋で初めての地下鉄だったという。

開業して間もなかった地下鉄はどこも美しく清潔であった。祖母は、

「地下鉄は夏は涼しくて冬は暖かい」

と言い、秀夫を連れて地下に入り、電車に乗った。

秀夫はいつも一番前の運転手の横の窓にかじりついて進行方向を見ていた。

神田駅を出ると、すぐ暗いトンネルが続く。ところどころに電気が点いているものの、

闇の中を走っていくのはぞくぞくしたスリルがあった。

やがて前方にほのかなオレンジ色の光の島が現れる。駅が近づいて光の中に包まれるとほっとした気持になる。電車は三越前駅に到着する。乗客の乗り降りがあって、再び電車が駅を出発する。狭い一車線のトンネルがそのうちに広々とした二車線のドームになる。

「今、神田川の下を走っているんだ」

いつか父がそう教えてくれた。川の下を通るとは、地下鉄は凄い、と思ったものだった。

秀夫はこの眺めが好きになり、ときどきせがんで地下鉄に乗せてもらった。

トンネルはドームだけではない。カーブもあれば坂もある。

行先は浅草や上野。地下鉄はその二つの大きなデパートの地下に駅があって、そこで買物をする。地下鉄食堂ではハンバーグステーキやアイスクリーム。父はきまってビールにカキフライだった。

そのころ流行した東京行進曲の歌詞にも地下鉄は登場する。日本のモダンな文化を代表する一つが地下鉄であった。

日劇へ行くのは省線（今のＪＲ線）だった。有楽町駅を出るとすぐ日劇の白い円筒形の建物があって、道に面して石の柱に区切られたいくつものアーチが並んでいた。秀夫はそこに連れて来られるだけでわくわくしてしまうのである。そのいくつ目かのアーチが開いていて、日劇地下のニュース映画専門館の入口であった。

いつも上映されているのは、ニュース映画のほかに短篇映画や漫画映画で、ときどき漫画映画の特集番組が企画された。

ポパイにミッキーにベティ・ブープ。

いつもの映画会社のトレードマークが映し出され、テーマ音楽が始まり、キャラクターのタイトルになると、息をするのも忘れるほどだ。

ポパイが危機一髪のときホウレン草を食べて暴れ回り、ミッキーがドナルドたちと活躍し、ベティが腰をくねらせて浮き立つような歌を歌う。一〇分足らずの漫画映画はあっという間に終り、まばたきをする暇もない。

小学校に入るころになると、ポパイやミッキーは敵国の人物にされ、映画館から消えてしまい、自然に日劇地下ニュース劇場から足が遠退いたのだが、地下鉄と漫画映画はワンセットになって記憶にとどまっている。

地下鉄があり、デパートがあり、食堂があり、映画館があった秀夫の好きな東京は、そのすぐあとで、戦災のために焼け野原になってしまった。

秀夫はB29による空襲が始める頃、集団疎開に加わって東京を離れた。

後年、ジュリアン・デュヴィヴィエ監督の映画『望郷』を見ていたら、パリ育ちのジャン・ギャバンが北アフリカのカスバの親分になるが、カスバを一歩外に出れば警察に逮捕されてしまう。そのギャバンとパリ育ちの女性が出会う。そのときの、

「きみは地下鉄の匂いがする」

というギャバンの言葉。しばらく東京を離れていたことのある秀夫の心に、その台詞はずっしりと響いたものだった。

敗戦から東京の町は少しずつ復旧していった。好況、不況の波はあったものの、昭和二十六年には講和条約も調印され、二十八年にはテレビの放送が始まった。

そして、いよいよ新しい地下鉄が開業した。

開業当日、朝から打ち上げられている祝いの花火の音に、秀夫は家の中に落ち着いていられなくなり、昼過ぎに家を出た。

山手線の池袋駅に降りると、地下鉄見物の人で押すな押すなの混雑である。

好天にも恵まれて、空からは花火に仕込まれていた落下傘が舞い降りてくる。駅のあちらこちらには祝いの字が書かれた幕が張り巡らされている。

秀夫は人波に揉まれながら、まだ漆喰の臭いのする階段を降り、人ごみの中をうろうろして切符売場を見つけ、窓口で切符を買った。

改札を通るとき、新しい制服を着た駅員が、切符に鋏を入れるたびに頭を下げている姿が初初しい。

電車は赤い車体で、車内は明るい蛍光灯である。軌道は継ぎ目のないレールを使っているのが自慢で、音も静かで乗り心地がいい。ブレーキは自動だそうで、発車、停車とも円滑であった。

池袋駅から新大塚駅、茗荷谷駅と進み、ここから電車は地上に出、後楽園駅に着く。後楽園駅を出るとまた地下鉄にもぐり、次が御茶ノ水駅である。

秀夫は御茶ノ水駅で電車を降りたが、このあと地下鉄はまた地上に出て、神田川の上を渡り、そして再び地下にもぐる。ただ暗いトンネルの中を走るだけでなく、ときどき地上に顔を出すので、変化があって好感が持てた。

池袋駅から御茶ノ水駅までの所用時間は一〇分あまり。国電を利用すれば三十分はかかるはずで、ずいぶん便利になったものだと思う。

駅を出て聖橋《ひじりばし》の上に出てみると、ここでも花火が打ち上げられていた。神田川の水際に仮舞台を設け、芸妓が袖を揃えている。川には屋形船を浮かべて、神田囃子が賑やかに演奏されているが、質の悪い拡声器を使っているので、せっかくの神田囃子を台無しにしていた。

花火に誘われて御茶ノ水まで来たものの、どこへ行く当てもない。錦町の会社に勤めていたときの習性で、足は自然と神保町の方に向いた。

古本屋街を冷やかしながら、〈キャノール〉に落ち着くことにした。珈琲を注文して「アサヒグラフ」などを手にしていると、あぁら、という声がした。

顔を上げると岩井女史と辻女史が並んでいた。二人は秀夫の前に腰を下ろした。

「新庄さん、会社を辞めたんでしょう」

と、岩井女史が訊いた。

「ええ、正月早早、中村社長から三行半《みくだりはん》をもらいました。今日は地下鉄が開通したので御茶ノ水まで来たんです」

「そうだったわね。わたしたちもすぐ辞めてしまうわ」

「岩井さんや辻さんは居残り組でしょう。退社するのはもったいないじゃないですか」

「でもね、中村社長が我慢ならないの。仕事にいちいちケチをつけてね。今も社長が留守になったから会社を抜け出して来たわけ」

岩井さんは珈琲が運ばれてくるとひと口ふくんで、

「中村社長は会社を丸ごと乗っ取ろうとしているのよ。そのためには傾いた会社を建て直さなければならないでしょう。だからシャカリキになって社員をコキ使うの」

「中村さんは元、三軒茶屋営業所の人でしたね。その時からやり手だったでしょう」

「そう。営業所長の時にはよく会社に来ておべんちゃらを言っていたでしょう。それが今では掌を返したよう」

いつもおっとりした麗人の岩井さんは、はじめて他人の悪口を言った。

二人の話からその後の会社の事情がいろいろ判った。

会計の三井さんは人がよくて中村社長の傲慢にもじっと堪えていること。住宅部の稲川さんは辞職して故郷の青森に帰ってしまったこと。中村社長と第二ビルにいる長佐老が家賃のことで大喧嘩をしたこと、などである。

秀夫はこれから用事もない。家に帰るには早すぎる。会社に戻るという岩井女史と辻女史に付いていくことにした。

社内はがらんとしていた。二十卓あまりあるデスクに、六、七人がひっそりと事務をとっていた。その中に豊村さんの姿を見て、秀夫は夢ではないか、と思った。

思わず急ぎ足になって、そばに寄ろうとすると、算盤をはじいていた浦木嬢が声をかけた。

「いいところへ来てくれたわ。今、あなたのところに電報を打とうと思っていたところなの」

「何か用があるんですか」

と、秀夫は訊いた。

「ええ、延滞利息のことで判らないところがあってね」

秀夫は浦木嬢の横に椅子を寄せて腰を下ろした。

「新庄さん、お給料をもらいに来たの」

と浦木嬢が訊いた。

「だとしても、もらえそうもないですね」

「そうよ。わたしたちももらっていないわ」

「今日、地下鉄が開通したので試しに乗ってみたんです。そうしたら、たまたま岩井さんたちと出会って」

「そうだったの。でも、来てくれてよかった」

「浦木さんは利息の計算の仕事になったんですね」

「ええ。会計が閑になってしまったから」

会計の席を見ると、三井さんがぽつねんと坐っていた。各営業所は集金した金を本社に持って来ないで、自分のところで抱え込んでいるのだ。

「人が減ってしまって、仕事が大変でしょう」

秀夫が訊くと、浦木嬢はできることだけしかしないと言った。秀夫が不明な点を教えると夕刻になり、浦木さんは帳簿を閉じて帰っていった。そのうち、社員は一人ずついなくなった。

「ずっと出社していたんですか」

秀夫は豊村さんのそばに行って訊いた。

「昨日と今日だけ。電報で呼び出されたわ。会社がこうなったからといって、知らん顔していられないでしょう。飛ぶ鳥あとを濁さずと言いますからね。帳簿を整理して、あとで誰が見ても判るようにしておきたいの」

そのうち外はすっかり暗くなったが、豊村さんは帳簿を閉じようとはしなかった。しびれを切らせて秀夫が、

「ほどほどにしなさい。律儀は阿呆の別名と言いますよ」

と、諺を引くと、豊村さんはやっと笑いながら帳簿を机の引出しに入れた。

「わたし、二日も阿呆だったわけね」

「ごめんなさい。生意気なことを言って」

「じゃ、頭がはっきりするようにお茶でも飲みに行きましょう」

神保町の喫茶店〈さぼうる〉。奥の席で豊村さんは珈琲とフルーツケーキを注文した。

「豊村さんはこれから何をなさるつもりですか」

と、秀夫は訊いた。

「ただの勤め人は懲りましたからね。手に職を覚えようと思って、今、御茶ノ水にある

職業養成所に通っているのよ」

「どんな仕事ですか」

「筆耕」

「あなたは字が上手だからぴったりですね。賞状や免状を書くわけですか」

「いいえ、謄写版の原紙を切るの」

前に秀夫が謄写版で印刷しているのを、豊村さんが興味深そうに見ていたのを思い出した。

「それは――賛成できないな」

「なぜなの」

「謄写版の字はきちんとした楷書で四角い桝目の中に収まるような字じゃないとだめなんですよ。豊村さんの字は達筆すぎます。崩し字のうえに元気がよすぎて、桝目からはみ出してしまいますよ」

「だから、それを今習っているのよ」

「そのうえにね、謄写版は鉄筆を使って、ヤスリの上で原紙を切るんですよ」

「知っているわ」

「あなたのような細い指じゃ無理ですよ。すぐ血まみれになります」

「でも、謄写版を教えてくれたのは、新庄さん、あなたなのよ」

「ええ。そうでしたね……」

豊村さんに見つめられて秀夫はそう答えるのが精一杯だった。

珈琲が運ばれてきた。カップを持つ豊村さんの指を見て、秀夫は言った。

「毛筆を使うような筆耕はないんですか」

前に会社に働きに来た宛名書きの職人の仕事を覚えている。その職人は毛筆を使っていた。数多くの葉書の宛名を書くには、固いペンではだめだという。毛筆だと、一時間に五百枚の宛名が書けると、実際、秀夫の目の前でやってのけ、びっくりしたことがあった。

豊村さんはそういった仕事は養成所にはないと言い、

「謄写版でも、仕事をしているうちにすぐ慣れるでしょう」

「……節くれだった指になるんですよ。ぼくは見たくないな」

「心配してくれるのは嬉しいけど、わたしのことよりあなたはどうなの。今、何をしているの」

「何もしていません。お金がありませんから映画にも行けません。貸本屋で推理小説を借りてきて読んでいるくらいなんです」

「働く気はあるんでしょう」

「ええ。でも、またサラリーマンになるのはうんざりなんです」

「そうね、あなたは四年間、通勤と通学を押し通してきた。それが急になくなって、ほっとしているのね。でも、このまま遊び癖がついちゃだめよ」

「ええ、池田さんじゃないけど、麦も食べられなくなりますからね」

少し前、池田首相が「貧乏人は麦を食え」と発言して問題になったことがある。

「サラリーマンが嫌だと言って何かしたいことがあるの」

「……第二ビルにいたとき知り合いになった挿絵画家の人とこの前会ったんです。ぼくが失業していると聞くと、じゃ挿絵の仕事を手伝わないか、と言ってくれているんです」

「あら、あなたは絵が好きなんでしょう。いい仕事じゃないの」

「でも助手ですからね。一人前の給料はもらえないと思います」

「お金のことはともかく、サラリーマンとは違うんでしょう。長く続けているうちには、独立して一人前になれるわ」

しかし、これから先のことなどどうでもよかった。それより、今、こうして豊村さんと向かい合っているだけでかつてなかった至福を感じていた。

といって自分の心境をどう言葉にすればいいのか判らない。ただもどかしく黙っていると、

「どうだったの。新しい地下鉄の乗り心地は」

と、豊村さんが訊いた。

「揺れは少ないし電車の音は静かだし、最高でした。昔の地下鉄よりずっと進歩してい

ます。銀座線の神田駅なんか、地下への階段は頭がつかえそうになるほど狭いですからね。でも昔の地下鉄も嫌いじゃありません」

「あなたは神田育ちだから、いろいろな思い出があるのね」

「ええ。すぐ思い出すのが、地下鉄とか神田キネマとか縁日とか」

「神田キネマではどんな映画を観たの」

「だいたい時代劇とかエノケンの喜劇でした。でも、戦争が始まる頃には劇映画がなくなってしまいましたね。片岡千恵蔵の〈宮本武蔵〉あたりまででした。お通さんが宮城千賀子で」

「宮城千賀子なら〈歌ふ狸御殿〉があったわ」

「あれは楽しい映画でしたね。宮城千賀子が綺麗な若衆姿で。それから後になると教育短篇映画とニュースばかり」

「毎週映画に行っていたのね」

「ええ。神田キネマが家のすぐ近くにあって、独りでよく観に行きました」

「学校はやかましくなかったの」

「だから、内証でこっそりと。ニュースは三本上映するんです。それで、三週目には同じニュースを三回観ることになりますね。山本五十六元帥が戦死した時の国葬も三回観たのでまだ覚えています。あとは戦地にいる兵隊さんの慰問のための寄席の演芸映画。これは楽しみでした」

「わたしは〈無法松の一生〉」

「板東妻三郎ですね。ぼくは戦後になってから観ました」

「わたし、映画館のない土地に疎開することになっていたから、もう映画も観られないと思ってよく覚えているの」

「ぼくが疎開したところも、映画館や本屋のないところでした」

昔の思い出はなぜか懐かしく切ない。

懐旧の気持はどういうわけか思慕の情を増していった。


神保町から小川町、須田町。

豊村さんと肩を並べて夜の道を歩く。神田の街のネオンが美しかった。

不思議なことに、この恍惚がそのうちに終るとは思えなかった。いつまでも続く甘美な夢を見ているような思いであった。

神田駅のホームに立ったとき、夢ではない電車の音を聞いて我に返った。

「すてきな思い出を、ありがとう」

豊村さんはその電車を見送って、手を差し延べた。

「あなたと話したいことがまだ沢山あるんです」

と、秀夫は言った。

「また会えますよ。それまで、元気で。お手紙くださいね」

「しばらく元気が出そうもないなあ」

「すぐ春が来ますよ。今は春のとなり」

豊村さんは次の電車に乗り込んだが奥には入らず、ドア越しに秀夫を見守った。電車が発車し、ホームから出て行ったが、秀夫はいつまでもその場所から動けなかった。

〔初出誌〕
東販『新刊ニュース』
二〇〇二年十月号〜二〇〇四年七月号に連載

著者について

泡坂妻夫（あわさか・つまお）

昭和8（1933）年、東京生れ。本名、厚川昌男。紋章上絵師、作家。43年、奇術で石田天海賞を受賞。51年に『DL2号機事件』で第1回幻影城新人賞小説部門に佳作入選。53年、『乱れからくり』で日本推理作家協会賞を、57年には、『喜劇悲奇劇』で角川小説賞を受賞。63年に『折鶴』で泉鏡花賞、平成2（1990）年『蔭桔梗』で第103回直木賞を受賞する。主な著書に『奇術探偵曾我佳城全集』『比翼』『鬼子母像』や宝引の辰シリーズに『自来也小町』『凧をみる武士』『朱房の鷹』『鳥居の赤兵衛』がある。

---

春のとなり

二〇〇六年四月二十五日　　初版発行

著者　　泡坂妻夫
装幀者　岡孝治
発行者　南雲一範
発行所　株式会社南雲堂　東京都新宿区山吹町三六一
郵便番号一六二－〇八〇一
電話（〇三）三二六八・二三八四［営業］
（〇三）三二六八・二三八七［編集］
振替口座　東京〇〇一六〇－四六八六三
ファクシミリ（〇三）三二六〇・五四二五
印刷所　日本ハイコム株式会社
製本所　若林製本工場
落丁・乱丁本は、御面倒ですが小社通販係宛御送付下さい。
送料当社負担にて御取替えいたします。
［検印省略］

---



ISBN4-523-26456-2　C0093〈1-456〉